万川
reflections

一步万里阔

特洛伊：神话／城市／符号

TROY
Myth, City, Icon

〔英〕诺伊丝·麦克·斯维尼 著

张譽 译

**Naoíse
Mac
Sweeney**

中国工人出版社

目录

第 1 部分　神话 ················· **001**

第 1 章　概述—002
第 2 章　神话的诞生—009
第 3 章　寻找特洛伊—025
第 4 章　特洛伊战争的真相—043

第 2 部分　城市 ················· **059**

第 5 章　特洛伊早期—063
第 6 章　英雄时代的特洛伊—079
第 7 章　黑暗时代的特洛伊—098
第 8 章　希腊世界中的特洛伊—112
第 9 章　希腊化时代的特洛伊—134
第 10 章　罗马世界中的特洛伊—155

第 3 部分　符号……………………………**175**

第 11 章　所有道路的起点，都在特洛伊—179

第 12 章　你所需要的，只有爱—201

第 13 章　战争：受益的究竟是谁？—214

第 14 章　今天的特洛伊—229

注释……………………………………………**240**

参考文献………………………………………**254**

致谢……………………………………………**271**

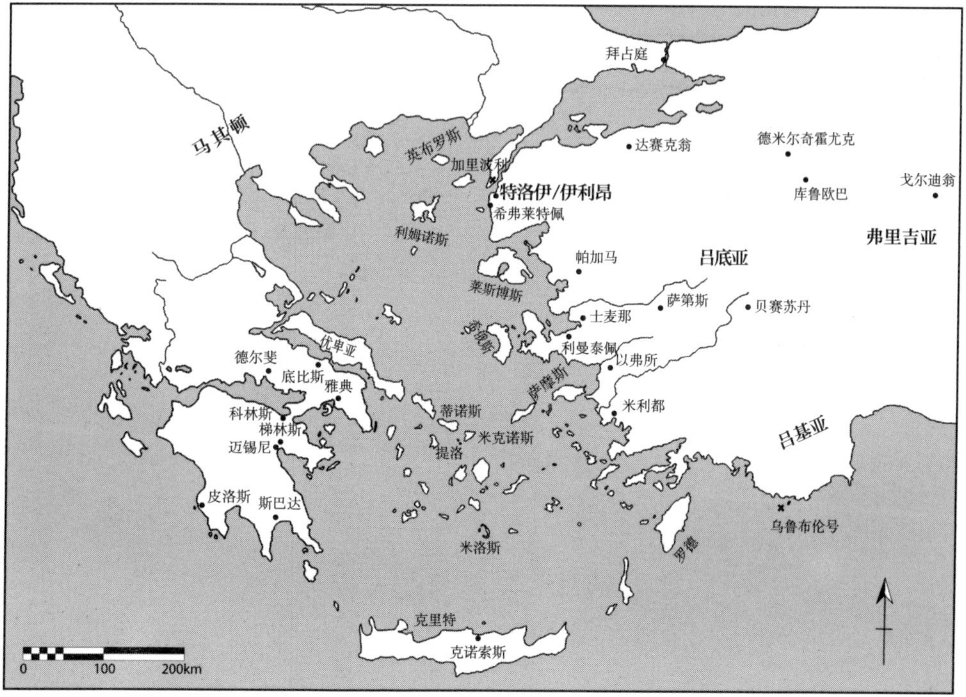

地图 1 爱琴海和安纳托利亚地区

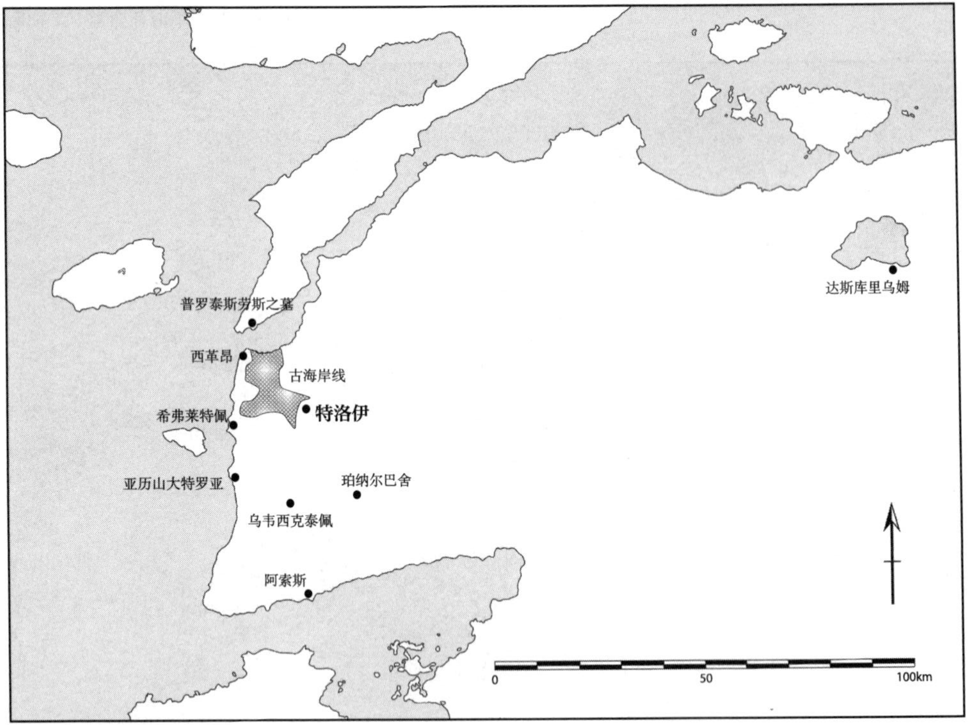
达斯库里乌姆
普罗泰斯劳斯之墓
西革昂
古海岸线
特洛伊
希弗莱特佩
亚历山大特罗亚
珀纳尔巴舍
乌韦西克泰佩
阿索斯
0
50
100km

地图 2　特洛阿德地区

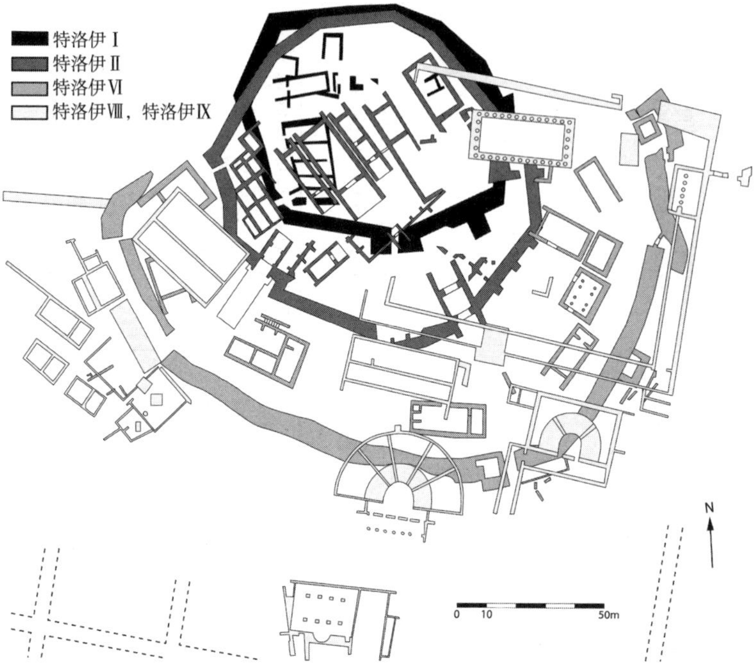

■ 特洛伊 I
■ 特洛伊 II
□ 特洛伊 VI
□ 特洛伊 VIII，特洛伊 IX

地图 3　特洛伊卫城平面图

特洛伊年表

公元前3000年	特洛伊Ⅰ	青铜器时代早期Ⅰ（Early Bronze Age Ⅰ）：青铜器的制造在整个近东地区传播；航海业的开端
公元前2900年		
公元前2800年		
公元前2700年		
公元前2600年		
公元前2500年		
公元前2400年	特洛伊Ⅱ	青铜器时代早期Ⅱ（Early Bronze Age Ⅱ）：开启城市化进程；近东地区的交往及贸易活动增加
公元前2300年		
公元前2200年	特洛伊Ⅲ	青铜器时代早期Ⅲ（Early Bronze Age Ⅲ）：安纳托利亚中部地区社区数量增长
公元前2100年	特洛伊Ⅳ	
公元前2000年		
公元前1900年	特洛伊Ⅴ	青铜器时代中期（Middle Bronze Age）：古亚述帝国；近东地区贸易活动增加；安纳托利亚地区开始出现书面记录
公元前1800年		
公元前1700年	特洛伊Ⅵ	青铜器时代末期（Late Bronze Age）：各城邦、帝国崛起；横跨地中海和近东地区的复杂贸易和外交网络形成；"英雄时代"（Age of Heroes）
公元前1600年		
公元前1500年		
公元前1400年		
公元前1300年	特洛伊Ⅶa	
公元前1200年		

续表

公元前 1100 年	特洛伊Ⅶb	铁器时代早期（Early Iron Age）；政治结构的流动性和不稳定性提升；地中海地区建立腓尼基和希腊贸易网；"黑暗时代"（Dark Age）
公元前 1000 年		
公元前 900 年		
公元前 800 年	特洛伊Ⅷ：几何纹样时期（Geometric period）	希腊世界（The Greek World）：《荷马史诗》诞生；希腊社区遍布地中海；贵族文化兴起；波斯战争；雅典帝国和伯罗奔尼撒战争；亚历山大大帝的军事征服；希腊化国家
公元前 700 年		
公元前 600 年	特洛伊Ⅷ：古风时期（Archaic period）	
公元前 500 年		
公元前 400 年	特洛伊Ⅷ：古典时期（Classical period）	
公元前 300 年		
公元前 200 年	特洛伊Ⅷ：希腊化时代（Hellenistic）	
公元前 100 年		
100 年	特洛伊Ⅸ：罗马时期（Roman）	罗马世界（The Roman World）：罗马共和国和恺撒大帝；奥古斯都和元首制的建立；罗马帝国继续扩张；帝国迁都拜占庭；分裂为东罗马帝国与西罗马帝国
200 年		
300 年		
400 年		
500 年		
600 年		

续表

700 年		中世纪时期： 荷马相关知识仅在拜占庭帝国内部学者之间传播； 伯努瓦和特洛伊浪漫故事的创作； 欧洲贵族宣称拥有特洛伊血统； 十字军东征； 乔叟； 奥斯曼帝国建立
800 年		
900 年		
1000 年		
1100 年		
1200 年	几乎无人居住	
1300 年		
1400 年		文艺复兴时期： 古典文化在西欧重现； 丁托列托； 欧洲艺术输出中国
1500 年		
1600 年		现代早期时期： 莎士比亚；探索的时代
1700 年		
1800 年		
1900 年	考古活动	现代时期： 19 世纪的东方主义；格莱斯顿； 加里波利之战；季洛杜； 塞菲里斯；普罗恩萨·菲略； 希尼；汤姆·威茨；乔·拜登
2000 年		
2010 年		

Part 1
Myth

-第 1 部分-
神话

第 1 章
概述

特洛伊，一个有着无限魔力和丰富内涵的名词，它与许多故事、意象和理想形象产生着千丝万缕的联系。

特洛伊的盛名源自神话——特洛伊战争，这是公元前 8 世纪古希腊诗人荷马所作的史诗《伊利亚特》中的经典故事。诗篇中饱含的爱与愤怒、责任与英雄气概，为这场血腥而持久的战争奠定了情感基调。众所周知，这场战争持续了 10 年之久，一方是亚该亚希腊人*，另一方是特洛伊人及其联盟，最终以特洛伊方的战败和毁灭而告终。

纵观历史，"特洛伊"似乎一直与特洛伊战争的神话故事画等号，人们谈到特洛伊的故事时总会提到这场战争。但在神话背后，特洛伊还是一座用一砖一石垒起来的

---

* Achaean Greeks，即古希腊人。（如无说明，均为译者注。）

城市，这座城市里居住的是有血有肉的特洛伊人民。从青铜器时代到7世纪，特洛伊城一直是一个功能完备的社区（community），它的命运在4000年里起伏不定。在青铜器时代末期、希腊化时代和罗马帝国时代，特洛伊盛极一时，城市人口扩张、财富大量累积。但在铁器时代早期和拜占庭时代，特洛伊人口锐减，命运急转直下。如今，我们可以根据遗迹考古结果将特洛伊的城市发展分为9个历史阶段，事实上，这9个阶段也正是特洛伊的9次生命。

然而，特洛伊不仅是一座城市或一个神话，它还是一种理念、一个抽象概念。在诞生至今的许多年里，它在不同历史时期持续引发着人们的共鸣。"特洛伊"不再仅仅用来表示城市本身或是史诗里的著名战争，而是以各种形态存在于文学艺术作品、计算机木马程序，甚至是避孕套品牌中。无论是在过去还是在当下，特洛伊已然成为一个符号。

本书将从3个方面介绍特洛伊——神话、城市、符号。这3个方面彼此交叉、相互依存。如果没有神话作为基础，符号便不能形成；如果没有城市提供故事背景，神话便无法成立；如果没有成为符号，这座城市便不会遵循一种特定的轨迹来发展。这3个方面对于认识和理解特洛伊的基本概念及其历史意义有着重要作用。

本书并非一本特洛伊遗址考古指南，市面上此类书籍数不胜数，我无意将已经很完美的作品进行复刻。这本书也不是针对特洛伊战争及其历史影响的综合研究，单薄的书页承载不起如此庞大复杂的研究工程。本书的目的是为读者提供理解特洛伊相关概念的宏观历史视角，重点关注从公元前3000年直至今天，作为一座城市和一个社会的特洛伊，以及从更广泛的象征意义上来说，作为社会符号和文化符号的特洛伊。

为了说明本书的研究方法，此处我准备了3个小场景。

场景1：微风拂过海岸上的孤寂坟墓，年轻的战士跪在巨大的古墓前。他刚刚献祭了一头羊，沾着羊血的手里握着花环。他把花环放在高高矗立着的墓碑的脚下，他身后的庞大军队没有一丝骚动，满怀敬意地静静等待着屈膝跪地的国王。年轻的国王是马其顿的亚历山大大帝，古墓是位于特洛伊城的阿喀琉斯之墓，亚历山大即将率军与波斯军队开战。据说，亚历山大于此处哀悼，不仅是在致敬死去的英雄，更是为了哀叹这世上已再无荷马来记载自己的丰功伟绩。但是，亚历山大大帝在追逐波斯人的行军路上，特意来到特洛伊城哀悼在特洛伊战争中牺牲的战士，这究竟是为了什么？他在造访此地时，眼前浮现的是繁荣之城，还是断壁残垣？他的造访，对于特洛伊本身以及人们对于特洛伊战争神话的理解产生了何种影响？

场景2：年迈的学者正伏案奋笔疾书，干净的羊皮纸上是他用羽毛笔写下的工整字迹，他必须从头开始逐字逐句地书写他的故事。他精雕细琢，缓缓在纸上写下精美的词句："在特洛伊战争后……"这位一丝不苟的中世纪修道士是蒙默思的杰弗里（Geoffrey of Monmouth），已知最早的英国史作品《不列颠诸王纪》（*History of the Kings of Britain*）的作者。他笔下的历史，从介绍不列颠岛上的首批居民——不列颠原住民开始。杰弗里写道，特洛伊城陷落后，特洛伊人被希腊人奴役，人们四处逃散。我们不禁发问，是什么吸引了一位12世纪的威尔士教士将英国的起源背景设定为特洛伊？特洛伊战争的神话故事为何对中世纪欧洲人的想象力有如此大的影响？不列颠饱受朝代更迭的战争之苦，杰弗里的故事又对接下来要途经特洛伊进行东征的十字军有什么影响？

场景3：1995年11月，北爱尔兰德里市政厅的台阶上，闪光灯令人眩晕，相机快门的咔嚓声此起彼伏，这里正在举办一场盛大的演讲。这场演讲使用了扬声器，约有25000名听众涌入市政厅广场。演讲者慷慨激昂，对未来充满了热忱和期待。他说,我们进入了一个可以通过调解换取和平的时代,一个充满希望的时代,一个将被载入史册的时代。这位演讲者是比尔·克林顿。为了庆祝北爱尔兰的和平进程开启新篇章,他在演讲中引用了谢默斯·希尼(Seamus Heaney)的诗——《特洛伊的弥合》(*The Cure at Troy*)。这首诗描写了古代神话中的一场战争,克林顿为何会在现代语境之中引用它?谢默斯·希尼在德里出生,他为何要书写这场古老而血腥的战争?最后,自诞生至今,特洛伊的故事已经过去3000余年,它为何还能经久不衰、历久弥新?

古往今来,"特洛伊"一词所囊括的含义非常丰富。本书将通过汇集整理考古学、历史学、文学及文化研究的相关观点,对"特洛伊"进行追溯与还原。

本书的第1部分重点讨论了特洛伊神话。在第2章,我们将会探讨神话本身以及最早描写神话的作品。在研究特洛伊战争故事的基础之上,我们还会进一步探讨荷马、史诗以及古希腊神话的特点。最后,我们将从文学作品的视角品读《伊利亚特》,体会荷马笔下的特洛伊。第3章讲述了一个与第2章息息相关的故事,一个发掘特洛伊遗址的故事。在发掘过程中,历代考古学家们深受特洛伊神话的影响，以《荷马史诗》为标准来衡量自己的研究成果。第4章探讨的是特洛伊神话中究竟有多少史实成分：特洛伊战争真的发生过吗？特洛伊战争的神话参考了历史上的哪些真实事件？

本书的第2部分将视角转向了特洛伊城。从第5章的青铜器时代早期开始，到第10章的罗马帝国时代为止，这一部分描绘了特洛伊城的发展图景。每一章都会全面概述特洛伊城在某个时期的情况，并深入探讨特洛伊在公元前3000年到公元700年之间作为一个城市和一个社区的起伏命运。除了上述侧重考古学的内容，每章还会探讨特洛伊战争的神话故事在当时以何种形态呈现，以及各时期对特洛伊神话的种种解读。

本书的最后一部分主要讲述了7世纪以来被废弃之后的特洛伊。作为一个城市，特洛伊逐渐没落并淡出历史视野，但作为一个抽象符号，特洛伊渐渐吸引大众视线。与前两部分不同，这一部分的4个章节并非按照时间顺序展开的，而是按照4个不同主题进行呈现。这一部分并不会囊括所有讲述特洛伊及特洛伊战争的作品，也不会复述特洛伊的全部历史意义。这一部分的重点在于呈现中世纪、近代和现代时期，几个奠定特洛伊符号地位的经典话题：

第11章研究"特洛伊"如何被用在国家起源和民族身份认同的塑造之中;第12章追溯"特洛伊"如何被用作探讨爱与欲望的手段;第13章从"特洛伊"的角度出发,力图揭示各种形式的冲突与战争的本质;第14章将视角转回至现代,讨论20世纪和21世纪的"特洛伊"如何成为悲惨与希望的象征。经过历史长河的洗礼,"特洛伊"为我们提供了检视人类社会现状的范本。

第 2 章
神话的诞生

研究特洛伊，就不得不提及特洛伊战争的传说。本章将会探讨特洛伊战争的神话故事及其创作背景。我们将会深入史诗的本质，探讨神秘的诗人荷马，并研究故事的诞生及传播。在此之后，我们将把视线转至《伊利亚特》，归纳它的主题并研究它所描绘的特洛伊城是何种模样。那么首先，让我们开门见山、直击问题核心，看看特洛伊战争的故事。

特洛伊战争的故事

特洛伊战争的故事并非发源于特洛伊城，也不在亚该亚地区，而是在特洛阿德（Troad）伊达山的悬崖峭壁上。三位不朽女神——众神之后赫拉、智慧女神雅典娜和爱情女神阿佛洛狄忒要求年轻的牧人帕里斯决断谁是最美的女神，并让他将刻着"献给最美女神"的金苹果送给赢家。

帕里斯将金苹果献给阿佛洛狄忒，作为回报，阿佛洛狄忒承诺要把世界上最美的女人——斯巴达的海伦送给他。帕里斯是特洛伊国王普里阿摩斯和王后赫卡柏的儿子，当他代表父母出使斯巴达时，阿佛洛狄忒履行了承诺，安排海伦与他会面，并协助他把海伦带回了特洛伊。战争由此拉开了序幕。

海伦之夫是斯巴达的墨涅拉俄斯。二人结婚前，海伦的众多追求者立下诺言，誓要永远捍卫她的婚姻。海伦被抢走后，墨涅拉俄斯要求他们兑现承诺。墨涅拉俄斯将海伦的追求者及手下的士兵组建成一个背景复杂、声势浩大的联盟，由他的弟弟迈锡尼的阿伽门农领导。联盟内英雄云集，有阿喀琉斯、奥德修斯、涅斯托耳和埃阿斯。在早期的作品中，这一联盟被称作"亚该亚联盟"（Achaean），而非"希腊联盟"（Greek 或 Hellenic，关于此处称呼的讨论详见第4章）。克服种种困难后，联盟军从比奥蒂亚的奥利斯出航。抵达特洛伊后，他们在特洛伊平原安营扎寨，对这座繁华的城市实施围攻。联盟军的对手特洛伊联盟中有赫克托耳、萨尔珀冬、彭忒西勒亚和门农等大将。双方势均力敌，这场残酷而血腥的战争持续了很久。双方在战争中都取得了一定的军事成就，众神祇也常常介入战争，庇护他们支持的一方。

战争进行到第10年，双方相持的僵局终于出现松动。阿波罗神在亚该亚人身上降下瘟疫，削弱了他们的力量。在袭击特洛伊郊区时，亚该亚人曾掳走了几个女人作为战利品，其中就有阿波罗神庙祭司的女儿克律塞伊斯。克律塞伊斯的父亲试图用一笔数量可观的赎金换回女儿，却被阿伽门农拒绝了。为了向亚该亚人复仇，这位祭司召唤阿波罗降下诅咒。为了解除诅咒，阿伽门农不得已释放了克律塞伊斯。阿喀琉斯却公然表示自己对于阿伽门农的做法极其不满。作为惩戒，阿伽门农掳走了阿喀琉斯的女人布里塞伊斯，她也曾是阿喀琉斯的战利品。面对此番羞辱，阿喀琉斯一怒之下拒绝继续出战特洛伊。自此，两位亚该亚最重要的首领正式决裂，这极大地影响了特洛伊战争的进程。

阿喀琉斯拒绝参战后，特洛伊人获得了有利局面，亚该亚人吃了几次大败仗。阿喀琉斯对己方的惨重损失不为所动，对同伴要他重返战场的恳求置之不理。直到特洛伊王子赫克托耳亲手杀死了他的挚友普特洛克勒斯，阿喀琉斯终于幡然醒悟，重拾武器。这一次，他为了复仇而战。勃然大怒的阿喀琉斯扭转了战局，亚该亚人的猛烈攻击逼得特洛伊人四处逃散。在了解了阿喀琉斯的愤怒之后，赫克托耳向他下达了一对一决斗的战书,虽然赫克托耳清楚此行自己将有去无回。在这场惊世对决中,阿喀琉斯于特洛伊城墙之下杀死了赫克托耳,毁尸后将残尸拖回营地。在特洛伊国王普里阿摩斯的恳求之下,阿喀琉斯归还了赫克托耳的尸体,让他得以被妥善安葬。特洛伊最强战士之死,再加上特洛伊国王对阿喀琉斯卑躬屈膝的态度,成为这场大战的又一转折点。自此之后,亚该亚人的胜利已是大势所趋。

赫克托耳死后,为填补领袖之位,特洛伊人向众多盟友寻求帮助,其中包括亚马孙一族。虽然阿喀琉斯深深地爱上了亚马孙女王彭忒西勒亚,但最终还是将她亲手杀死。黎明女神的儿子门农是特洛伊联盟的另一员大将,他指挥一队埃塞俄比亚人与亚该亚人英勇对抗,最后也被阿喀琉斯手刃。不久后,阿喀琉斯因被帕里斯的箭射中了脚后跟而丧命,脚后跟正是他全身上下唯一的弱点。接着,帕里斯又被持有赫拉克勒斯弓箭的亚该亚英雄菲罗克忒忒斯杀死。双方阵营的英雄战士们接连殒命,在这种情况下,亚该亚人试图以计谋而非蛮力来结束这场战争。

据说,设计出让亚该亚精英战士藏身的"特洛伊木马"的人可能是奥德修斯,也可能是神秘人厄帕俄斯。亚该亚人烧毁了营地并佯装离港出海,特洛伊人看到此景深感欣喜，以为已大获全胜，他们将木马搬进城市以欢庆"胜利"。当时，只有疯疯癫癫的特洛伊预言家卡桑德拉和波塞冬的祭司拉奥孔不赞同将木马搬进城。虽然他们的警告无人理会，但事实证明他们的确是未卜先知。黑夜降临，藏身于木马的亚该亚战士鱼贯而出，为伺机而动的亚该亚人打开了特洛伊城门。特洛伊被洗劫一空、夷为平地，特洛伊人也被赶尽杀绝。

只有少数特洛伊人幸免于难，逃出城外。这群人的领袖是国王普里阿摩斯的侄子埃涅阿斯，他们最终到达意大利并建造了罗马。没能逃出特洛伊的女人沦为了亚该亚贵族的奴隶，包括王后赫卡柏和赫克托耳的妻子安德罗马克。而对于征战异乡十余年的亚该亚人来说，回家之路道阻且长。在返乡者中，有人如奥德修斯，经历了漫长且艰辛的旅途后终返故乡；有人如阿伽门农，抵家后迎来的只有冲突和死亡；还有一些人根本没能回去，像亚该亚预言家卡尔卡斯一样死于途中。如此看来，特洛伊战争的故事没有几个美满结局。

荷马与史诗

荷马的史诗《伊利亚特》是人们了解特洛伊战争的主

要来源。但它仅讲述了特洛伊战争中从亚该亚人被阿波罗降下瘟疫诅咒到赫克托耳死去的这一段故事。史诗在战争前后引用的大量典故意味着作者默认读者已掌握了这场战争的前因后果。

《伊利亚特》诞生于公元前8世纪，当时，还有其他以特洛伊战争为主题的史诗，它们一起被称作"史诗集成"[1]（Epic Cycle）。史诗集成中，多数诗歌早已不复留存，但我们仍能通过后人作品中的引用和概述将内容拼凑起来。[2]根据特洛伊战争时间线，第1首史诗是《库普利亚》（*Cyria*）。这首诗歌为《伊利亚特》搭建了舞台，内容包括帕里斯对3位女神的评判、"偷走"海伦、亚该亚人抵达特洛伊，以及大战早期的小规模冲突。在这之后便是《伊利亚特》的故事，即从亚该亚人的瘟疫诅咒到赫克托耳的死亡这一部分。《厄提俄皮斯》（*Aethiopis*）描写了几位大英雄的陨落，尤其是彭忒西勒亚、门农和阿喀琉斯之死。我们还能在《小伊利亚特》（*Little Iliad*）中读到埃阿斯和帕里斯之死，以及特洛伊木马的相关描述。《伊利昂的毁灭》（*Ilioupersis*）描写了特洛伊城被摧毁的过程。《返乡》（*Nostoi*）讲述了亚该亚英雄返乡的漫长旅途，其中的《奥德赛》（*Odyssey*）一诗主要叙述了奥德修斯格外艰辛的归程。最后,《泰勒格尼》(Telegony)描写了奥德修斯后续的探险经历及其结局——他的儿子泰勒歌努斯被女巫喀耳刻操控,在无意识的状态下杀死了自己的亲生父亲。

史诗集成是从长期以来的口头传说(oral tradition)中衍生出来的,其中当然包括《伊利亚特》。人类学的相关研究揭示了口头传说的奥秘。在口头传说代代相传的过程中,因为韵律和节奏便于人们记忆,这些民间传说便形成了类似于诗句的规范表现形式。人们常用的记忆方法还包括重复相关段落和固有形象,以及统一人物别称等。[3]很明显,在以荷马的诗歌为代表的古希腊史诗集成中,很多都运用了上述记忆方法,由此我们也能判断,史诗集成是由口头传说衍生而来的。

口头传说十分古老,最早可以追溯至青铜器时代末期。皮洛斯的迈锡尼宫殿里有一幅著名壁画,画的是这一时期的吟游诗人边弹里尔琴边唱歌的场景(见图2.1)。今天,我们普遍认为口头传说所使用的语言是古希腊语,但从青铜器时代末期到铁器时代早期的几个世纪里,人们口口相传的诗歌很可能是由多种语言构成的。事实上,我们也能在近东地区的史诗中找到许多和古希腊史诗一致的意象、模式与思想。例如,从阿喀琉斯与普特洛克勒斯、吉尔伽

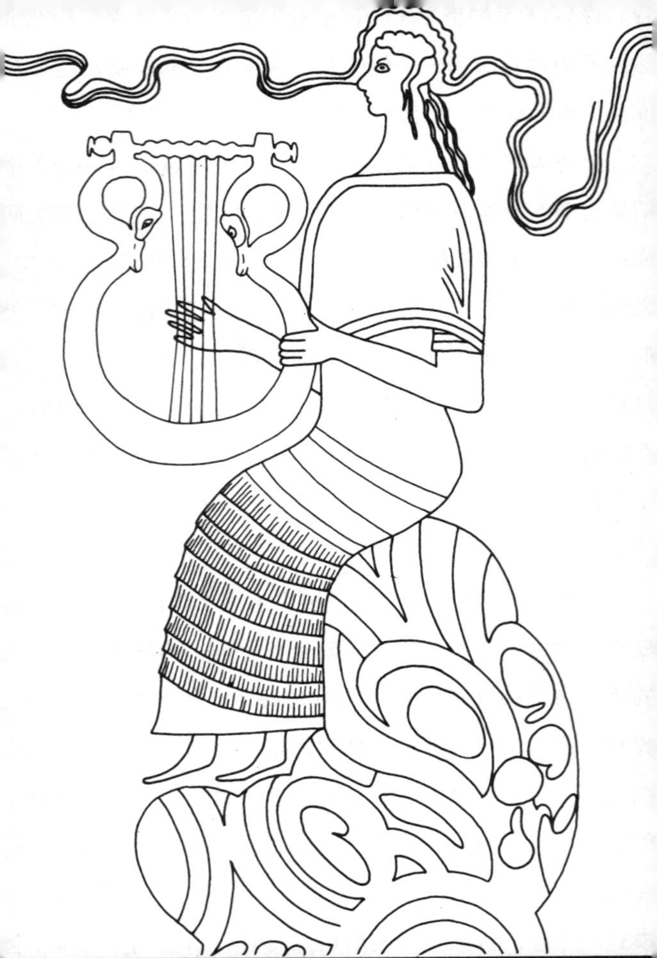

图 2.1 皮洛斯的迈锡尼宫殿中的壁画,画面中一个吟游诗人拿着一把里尔琴

美什与恩奇都两对英雄之间的关系来看,《伊利亚特》和美索不达米亚史诗《吉尔伽美什》(*Gilgamesh*)的诸多细节都如出一辙。[4]除此之外,青铜器时代安纳托利亚*地区的诗歌也有对特洛伊战争的直接描述。赫梯**首都哈图沙地区遗留下来的合唱曲残章以"当他们从陡峭的维鲁萨走来之时……"为开头,"维鲁萨"(Wilusa)是赫梯人用来指示特洛伊的词语,我们将在第4章具体探讨。因此,该残章也能证明以特洛伊为主题的诗歌不仅在铁器时代的古希腊文化中流传,它们也在青铜器时代末期的胡里安***-赫梯文明中回荡。[5]

所以,史诗集成中的诗歌,极有可能是在当时已有的古老史料的基础之上形成的,但这些史诗也必然经过了诗人的长时间打磨。他们既需要保留原始要素,又需要对口头传说的呈现形式进行精心改编。在创作中,诗人还可能会使用当时新兴的古希腊语来记录自己的作品,但在古希腊史诗的形成过程中,写作这一形式的重要性尚未可知。[6]口头与书面、传统与创新相结合的创作模式也让很多人开始质

---

* Anatolia,又称小亚细亚,地处亚洲最西端的半岛,大致在土耳其的亚洲部分。

** Hittite,位于安纳托利亚地区,赫梯人为古印欧语系民族。

*** Hurro,先于赫梯的文明,受到美索不达米亚-古亚述文明的强烈影响。

疑诗人荷马究竟是什么身份,"荷马"究竟是一个人还是一伙人?[7]尽管存在诸多质疑,但我们可以确定的是《荷马史诗》的诞生地大致是爱琴海东部或安纳托利亚西部的某个地方,因为诗歌使用的语言和当地方言非常相似。诗歌的创作时间大约在公元前8世纪,《伊利亚特》先于《奥德赛》诞生。史诗集成中的其他诗歌约在公元前6世纪诞生,稍晚于两部《荷马史诗》。[8]

描写特洛伊战争的作品并不只有史诗一种形式。在今天,很多家喻户晓的故事都是通过各种媒介广泛传播的,特洛伊战争这样的经典故事也不例外,其传播载体还包括艺术品上的画作,尤以装饰陶器上的画作居多。[9]不过直到7世纪,人们才能确定陶器上所绘的场面确实是特洛伊战争(见图2.2),[10]而更早的一些战争主题画作,也极有可能是对特洛伊战争的描绘。此外,还有诸多非正式的表达方式,如父母给孩子讲的故事,以及日常对话中的隐喻、笑话和双关语。然而,非正式的表达方式灵活易变且"转瞬即逝",不太可能被留存下来。[11]但毋庸置疑的是,《伊利亚特》在民众之中非常流行,并得到了广泛演绎和改编。

为了更好地了解《伊利亚特》的全貌,我们必须明确,这首史诗所描绘的只是特洛伊战争的一部分,而特洛伊战

图 2.2 浮雕陶器瓶,瓶颈上绘有特洛伊木马图案

争又是众多民间传说的一部分。这些民间传说既依托于史诗集成和艺术品这样的正式媒介，又附于笑话、谚语和日常对话等非正式媒介之中。

特洛伊与《伊利亚特》

如前文所述，《伊利亚特》并不是对特洛伊战争的完整讲述，它重点关注的是特洛伊10年战役中的40天。由此可见，这首诗歌的主题也并不是特洛伊战争本身，而是一对更复杂的概念——各种形式和层面的冲突（conflict）与和解（reconciliation）。[12]

在《伊利亚特》开篇，缪斯女神唱出了阿喀琉斯的愤怒（女神，请歌唱那致命的愤怒……），这揭示出诗歌的主题。"愤怒"是诗歌的第1个中心词，后续诗句揭示了这份愤怒结出的果实，以及它对个体和社区的影响。从个体层面来看，《伊利亚特》主题中的"冲突"是阿喀琉斯内心关于荣誉和道德的自我纠结。在与阿伽门农决裂后，阿喀琉斯与母亲忒提斯在海滩上进行了一场对话，这场对话把他的那种自我纠结具体地呈现了出来。而在普特洛克勒斯死后，阿喀琉斯终于能够直面自己无法逃避的使命，并且领悟到在命运的定数面前，盲目的愤怒毫无用处。此时他与母亲的对谈便展现了《伊利亚特》主题中的"和解"。个体灵魂中的冲突与和解,是《伊利亚特》主题的一个层面。

除此之外,《伊利亚特》也在其他层面呈现了"冲突",包括个体与社会的冲突、社区内部的冲突以及社区之间的冲突,而阿喀琉斯在其中均扮演了主要角色。在与阿伽门农决裂后,阿喀琉斯将自己与社会隔离开来,这展现了个体与社会的冲突。尤其在第9卷中,他断然回绝了所有请他出战的恳求,无论是奥德修斯出于责任的恳求,还是福尼克斯出于亲情的恳求,抑或是埃阿斯出于友情的恳求。他亲手斩断一根根禁锢着他的社会锁链,如此坚决的态度将他对社会关系的抗拒表现得淋漓尽致。直到第24卷,阿喀琉斯回应了普里阿摩斯的哀求,将赫克托耳的尸体归还之后,他才重新开始融入社会,并意识到自己毁坏尸体的行为有失德行。让他幡然醒悟的并非伙伴或战友,而是与他为敌的特洛伊人。至此,他与自己的社会关系完成了和解。

对于社区内部的冲突,《伊利亚特》重点描写了价值观和社会身份的差异所导致的社区内部分歧。在第1卷中,冲突体现在阿喀琉斯和阿伽门农的争论之中。在之后的第23卷中,阿伽门农帮阿喀琉斯埋葬了普特洛克勒斯,他们之间的冲突也得以和解。诗中称阿喀琉斯为亚该亚人中最"优秀"(aristos)的,因为他是拥有力量的神勇者;称阿伽门农为最"有领袖风范"(basileutatos)的,因为他是地位崇高的权威者。"自致地位"[*]与"先赋地位"^{**}的冲突,导致了亚该亚人内部的重大分歧。这种分歧也表明了社会体系的过渡,即从以精英个体为基础的社会体系过渡到以法律和政府为基础的社会体系。《伊利亚特》诞生于公元前8世纪,此时古希腊的各个社区正在相互融合、形成城邦(polis)。以精英个体为准则的旧社会体系式微,逐渐让位于以公民、法律和权威为准则的新社会体系。

《伊利亚特》中对整场大战的描写体现了社区间的冲突,如贯穿全诗的对于战争和死亡的血腥描写,以及阿喀琉斯盾上所绘的两座截然不同的城市——一边是和平,另一边是战争。^{***}这两座城市反映了荷马心中的特洛伊。虽

---

* acquired status,指个人通过努力取得的社会地位。在《荷马史诗》中,"自致地位"的代表为阿喀琉斯。
** ascribed status,指个人所拥有的被事先给定的、通常无法被改变的社会地位。在《荷马史诗》中,"先赋地位"的代表为阿伽门农。
*** 在阿喀琉斯为好友普特洛克勒斯复仇前夕,其母忒提斯请求匠神赫菲斯托斯为他锻造盾牌和铠甲。阿喀琉斯的盾上绘有两座城市,一座城市正在举行婚礼和饮宴,另一座城市正在遭受军队的攻击。

然从表面上来看，阿喀琉斯似乎是《荷马史诗》的主人公，但是诗歌的真正核心却是特洛伊这座城市。毕竟《伊利亚特》（*Iliad*）是以伊利昂（Ilion）命名的，而伊利昂正是特洛伊在古代的别称，自然，《伊利亚特》写的就是伊利昂的故事。[13]纵观全诗，特洛伊被塑造为一个理想的，甚至是不切实际的完美城市。城市中心有一座结实而神圣的卫城，周围被坚固的城墙和高耸的塔楼环绕，卫城里有王宫和教堂。[14]用以形容特洛伊的词汇都异常突出城市外表的壮观，包括"建造精良的"（eudmetos）、"被高墙环绕的"（euteichos）、"被塔楼保护的"（eupyrgos）和"一座伟大的城市"（asty mega）。[15]

史诗中的特洛伊不仅是人类社会和社区的完美典范，还是城市建设的绝佳典例。第6卷中有诸多对城市内部的描写。当时，特洛伊在大战中连连受挫，普里阿莫斯的儿子赫勒诺斯提醒大家，须向神祇献上应有的敬意。他建议赫克托耳返回特洛伊，为雅典娜献上祭品。而后，特洛伊的盟友格劳克斯和亚该亚联军的狄奥墨得斯发现他们的祖先曾有主客之谊，于是双方便罢兵停战了。赫克托耳回到特洛伊后，直奔皇宫去找母亲赫卡柏，二人就责任和神明的主题展开了一场对话。在雅典娜神庙，赫克托耳遇见了一群特洛伊妇女，然后去和弟弟帕里斯见面，对帕里斯没能亲临战场的行为予以谴责。随后，赫克托耳在城墙边找到了妻子安德罗马克，二人对于亲情、爱情和公民义务进行了深入讨论。如上所述，我们在阅读第6卷时，可以感受到联结个体的一系列社会纽带，包括个人与城市和社区间的纽带、与家庭和爱人间的纽带、与来自其他家族和国家的朋友间的纽带，以及与神明间的纽带。在诗歌中，特洛伊代表了理想城邦，而另一方的亚该亚联盟则代表了功能失调的社区（内部冲突导致社区四分五裂，且社区成员拒绝社会关系）。

《伊利亚特》诞生于公元前8世纪，此时"城邦"这一概念正在逐渐形成。城邦既是物理关系的集合体，又是社会关系的集合体——既包括城市和领土，又包括社区中的公民。《伊利亚特》对特洛伊的描写，主要就是围绕这两个方面展开的。

第 3 章
寻找特洛伊

古往今来,特洛伊神话长盛不衰,激励着无畏的探险家们去探索这座业已失落的城市。在 18、19 世纪,探险家和古文物研究者围绕特洛伊城的具体位置进行了激烈辩论,他们各执一词、莫衷一是,直到 19 世纪末才达成共识,确定了特洛伊的所在地。事实上,寻找特洛伊的过程已然可以写成一部史诗。性格古怪的英雄、命运悲惨的受害者和卑鄙无耻的恶棍接连登场,一齐书写出曲折而戏剧化的历史大戏。

失落之城

在很长的时间里,特洛伊遗址的地点一直是个谜。中世纪和近代早期的一些旅人和探险家在参考古代文献后,提出了特洛阿德地区内几个可能是特洛伊遗址的地点(见地图2）。其中一个是位于亚历山大的特罗亚，那里有着清晰壮观的断壁残垣。还有人提出遗址可能位于西革昂或耶尼谢希尔，这些地方都遗留着近古时期的城墙。然而，没有直接证据能证明这两处就是特洛伊遗址的所在地。有些旅人在到访特洛阿德后大失所望，认为特洛伊这座失落的城市早已无迹可寻。1718年，英国诗人玛丽·沃特利·蒙塔古曾以悲伤的笔触写道："特洛伊留给这个世界的，只剩下它曾经驻足的土地了。"[1]直到1784年，孔德·德·乔伊瑟尔-古弗被任命为法国驻奥斯曼帝国大使时，探寻这座失落之城的故事才正式开启。孔德资助了特洛阿德地区的全面考察活动。此次考察活动发现了两处可能是特洛伊遗址的地点：珀纳尔巴舍（Pınarbaşi）和希沙立克（Hisarlik）。尽管这两处地点都没有特别明确的遗迹，但是当地一些较有特点的河流和山脉似乎都与《荷马史诗》中的地理描述相符。

对于这两处特洛伊的"候选遗址"，在之后的一个世纪里，文献学家、工程师、外交官和绅士的探险家们各执一词，进行了激烈争论。18世纪，一位旅人对"珀纳尔巴舍派"评论道："这些猜测……不过是古典文化爱好者一厢情愿的梦罢了。"19世纪早期，英国诗人拜伦曾讽刺地将特洛阿德称为"假想和诽谤的温床"。[2]

直到19世纪中期，"希沙立克派"拿出了有力证据。考古学家弗兰克·卡尔弗特是一名居住于奥斯曼帝国的英国侨民，在深入探索特洛阿德地区后，他宣称希沙立克的土丘中藏着特洛伊古城的遗迹。卡尔弗特对此结论充满信心，他甚至竭尽全力去买下了希沙立克附近的土地，想要自行考古勘探。卡尔弗特早期的发掘活动很有发展前景，但由于缺乏一系列人力、物力、财力，他的事业无法继续下去了。[3] 卡尔弗特急需一位富有的资助人来支持自己未竟的事业。然而，他费力争取来的考古学家海因里希·施里曼（Heinrich Schliemann），却和他想象中慷慨而沉默的合伙人形象相去甚远。

施里曼：探寻《荷马史诗》

1868年，海因里希·施里曼到访特洛阿德地区，与卡尔弗特进行了会面。当时，卡尔弗特信心满满地以为他就是自己理想中的合作对象。施里曼通过经商发家，非常富有。对这座曾经属于普里阿摩斯和赫克托耳的城市，他有着无限的热情与幻想。[4] 根据他们一开始的约定，卡尔弗特授权施里曼进入他的土地，他自己负责贡献考古学知识和技能；施里曼则负责为考古活动提供经济支持。但在实际合作过程中，施里曼却鲜少听从卡尔弗特给出的专业建议，更喜欢随着自己的直觉和想法进行考古。事实上，施里曼和卡尔弗特之间的合作关系并不牢固。虽然最近的研究表明，卡尔弗特的观点比施里曼更能站得住脚，但是与埋头苦干的卡尔弗特相比，多面而多彩的施里曼却给后人留下了更加深刻的印象。[5]

施里曼性格古怪，常在希沙立克考古现场狂热地发号施令。在身边人看来，施里曼身材臃肿、举止浮夸、不善交际、极度自信，对任何观点与他相悖的人都义愤填膺（见图3.1）。施里曼的过往经历十分曲折。他之前在克里米亚经商，然后在加利福尼亚的"淘金热"中积累了财富。不过，他做的不全是合法生意。1868年，施里曼46岁，此时的他已拥有足够的资产，这可以让他不再经商，全心投入到自己的理想事业——考古《荷马史诗》当中。同年，他到访特洛阿德地区，与弗兰克·卡尔弗特会面并达成了合作，卡尔弗特授权他在希沙立克进行考古活动。施里曼探寻《荷马史诗》的漫漫长路由此拉开序幕。

施里曼计划在接下来的22年里先找到历史上的特洛伊，然后再从希腊大陆上探寻迈锡尼和梯林斯，给世界留下惊人

图 3.1　海因里希·施里曼

的成果。事实上,施里曼对于考古学的贡献是相当大的。青铜器时代末期爱琴海地区的几个人类社区,也即如今被称作"迈锡尼世界"(Mycenaean world)的地方,正是施里曼首次揭开了它们的神秘面纱。通过考古,施里曼向我们展示了这些古希腊社区并不只有野蛮特性,它们的实际情况复杂而有趣。施里曼也是第一个确定古希腊史诗集成的历史背景是青铜器时代末期的人,解码了后世希腊人关于英雄时代的文化记忆。最后,对于本书而言也是最重要的一点——施里曼将希沙立克确定为特洛伊或伊利昂古城的旧址。[6]施里曼同时代的学者(尤其是古典学者)大都不相信特洛伊城的真实存在,也不相信特洛伊战争的神话有任何史实依据。由此可见,施里曼的这项成就弥足珍贵。[7]

虽然施里曼为学术发展作出了卓越贡献,但他的考古工作也存在诸多问题。第一,施里曼的考古研究很是粗糙,所用方法即使在当时看来也很过时。他在短时间内进行了大量发掘活动,破坏了许多考古记录,并且未能把发掘过程中的大部分发现记载下来。第二,他还粗暴地无视身边朋友(包括卡尔弗特)提出的或许能改善其研究方法的建议和批评。第三,施里曼不是一个光明磊落之人,他屡屡违反社会规定和私人协议——将其他工地的考古成果据为己有，禁止政府人员接触他的考古发现，未经允许私自从事考古发掘活动，欺骗合伙人和同事，等等。对于自己的考古成果，他还在其出版作品中频频撒谎。无论是他的个人生活、商业交际，还是考古活动，谎言似乎占据了他的一生。[8]

施里曼的考古活动建立在他对古代历史的热忱之上，这种热忱甚至可以被称为痴迷。他在日记中详细记录了自己"荷马史诗式"的思考方式与生活方式，以及他想要将古代生活搬到现在的强烈愿望。他和第1任妻子离婚后，一心想着"娶一个拥有纯正希腊血统的，像海伦一样的女孩……她必须未经世故且美艳绝伦……（像一株）温顺听话的植物，同时还要聪明伶俐"。于是，47岁的施里曼和17岁的女孩索菲娅·英格斯托门罗斯结了婚。他左手牵着自己的"海伦"，右手拿着一本《伊利亚特》，怀揣着证明史诗历史真实性的渴望，开启了在希沙立克的挖掘工程。在他伟大的发现成果和巨大的失败背后，是对于荷马近乎宗教崇拜式的狂热。

令施里曼臭名昭著的一个事件是他宣称自己发现了"普里阿摩斯的宝藏"（Treasure of Priam）。[9] 1873年，在特洛伊考古发掘工程第3季度末尾，施里曼宣称发现了一处有大量金、银、铜器的宝藏（见图3.2）。这些"宝藏"包括金属器皿、武器、银质砝码和数量惊人的珠宝首饰。施里曼立即将它们称作"普里阿摩斯的宝藏"，认为这些宝藏是特洛伊皇室逃离城市时仓皇收拾出来的。这一发现公开发表后，引发了大规模讨论，在考古圈掀起了一阵轰动。施里曼对"宝藏"发现过程的描述仿佛探险小说的选段——无畏的探险家发现了价值连城的古老宝藏，冒着生命危险防止它被盗窃或充公[*]。

> 在普里阿摩斯国王的宫殿旁，在开凿这面墙壁的过程中，我偶然发现了一个形状极其精妙的铜器，这引起了我极大的注意力，更何况它后面好像还有黄金……为了不让那些贪婪的工人接触到这处宝藏，为了考古学研究，我必须快速行动。尽管还没到早饭时间，我还是立即让工人们去吃饭……在他们吃饭休息的空当，我用一把大刀把宝物挖出。那堵巨大的墙壁或许随时会倒在我身上，如果我没有尽自己最大的努

---

[*] 在发掘前，施里曼与土耳其政府达成的条款包括：凡是他挖掘到的物品，一半要归土耳其考古博物馆；凡是他发现的遗址，要保持发现地原样，且原有结构不得被破坏。然而，施里曼并没有将这些条款当回事。

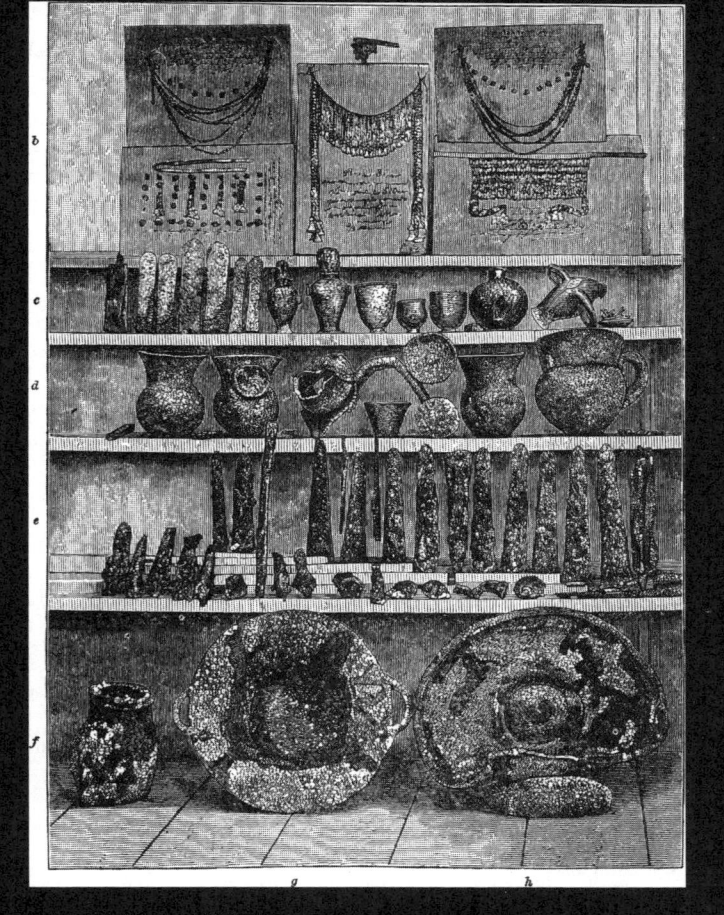

图 3.2 "普里阿摩斯的宝藏"

力、不敢冒最大的风险，这一切是不可能做到的。但是我的目光所及，每一样宝藏都可能会对考古学研究有着无限的价值，想到这里，一股鲁莽的勇气涌上心头，我变得无所畏惧。我亲爱的妻子拿着她的披巾在一旁待命，随时准备着将我挖出来的东西包好拿走。如果没有她的帮助，我不可能将这些宝物成功解救出来。

施里曼

施里曼认为，这处发现能够证明在荷马笔下的时代，希沙立克曾经是一座富裕繁荣且举足轻重的城市，而这样的城市只能是《伊利亚特》中的特洛伊。人们对施里曼的解读褒贬不一。但很快，施里曼话语中的矛盾之处便被揭露了。很明显，施里曼叙述的发现和发掘过程、文物的出土地点，甚至是宝藏里的物品，全都有谎言成分。事实上，这些物品出土于不同时间点，但施里曼却将它们笼统地归为同一时间的发现。本想凭借"普里阿摩斯的宝藏"来证明自己的观点的施里曼，却弄巧成拙，让自己的事业背负了骂名。

今天，我们通常用看待施里曼其他考古成果的方式来看待"普里阿摩斯的宝藏"。虽然"宝藏"里的文物本身对考古学有极大的研究价值，但我们不再相信施里曼的任何说法，不管是文物背景，还是他对文物的理解。更重要的是，我们现在知道了这些"宝藏"的制造时间并非在青铜器时代晚期，即人们普遍认为的特洛伊战争发生的时间，而是在大约800年之前的青铜器时代早期。

德普菲尔德：特洛伊的9条生命

施里曼晚年雇用了一位年轻的建筑学家、考古学家威廉·德普菲尔德（Wilhelm Dörpfeld）在特洛伊和梯林斯的两处考古地点协助自己。德普菲尔德负责为考古活动提供一种更加精密的地层学研究方法，他成功地将希沙立克遗址划分为9个历史阶段。按照时间次序，他将这9个阶段分别标注为特洛伊Ⅰ—特洛伊Ⅸ（见地图3）。德普菲尔德标注的沉积层序列，为我们今天了解特洛伊遗址打下了基础。

这9个不同阶段的沉积层互相交叠，显现出许多与安纳托利亚和近东地区遗址相似的特点。古建筑通常是在石头上砌泥砖建造而成的，因此当聚落被破坏或者建筑被损毁时，它们就会相互交叠沉积。这类破坏活动可能出于多种原因，比如居民为了给新建筑工程腾出空地自发夷平地面、发生火灾和故意纵火等事故，以及地震等自然灾害。

现有沉积层被破坏后,旧建筑物的残留物会被压得平整而结实,为新建筑提供了适合的地面条件,因此新聚落层将建在旧聚落层之上。即使没有发生大型破坏活动,建筑物通常也需要持续修缮,日常也会积攒下许多建筑碎片和建筑垃圾。这意味着人们需要定期清理聚落、时常更新建筑结构。经过几个世纪,地面就会不可避免地升高,聚落便会变得像一座土丘。这种土丘在阿拉伯语中被称为"tells",在土耳其语中被称为"höyüks",通常由位于天然土丘或悬崖上的数米高的聚落沉积层组成。

1890年施里曼去世后,德普菲尔德继续在特洛伊从事考古活动,并获得了更多考古成果。除了9个主要阶段,他还为各个阶段划分了不同时期。他发现,土丘的最顶端在古代被推平过。那是在希腊化时代,为了建造伟大的雅典娜神庙,人们需要平整地面,便将土丘推平。这意味着史前时代的地层比人们预测的要更靠近地表。

人们渐渐发现,急于挖掘荷马笔下特洛伊的沉积层的施里曼挖穿了土丘的中心部分,破坏了大部分史前遗迹。在施里曼看来,特洛伊Ⅱ就是荷马笔下的特洛伊。经过深入研究,德普菲尔德重新确定了特洛伊Ⅱ实际上存在于青铜器时代早期。他还确定了特洛伊Ⅵ是青铜器时代末期的主要沉积层，并识别出特洛伊Ⅵ中包括8个时期，分别标注为特洛伊Ⅵa—特洛伊Ⅵh。这8个时期的沉积物大多都不是来自居民对建筑物的推平重建，而是来自居民对建筑物的定期修缮改造。

在这8个时期中，最晚的特洛伊Ⅵh曾是一座雄伟的城市。用石块建造的宏伟防御工事保护着几座巨大的房子，房子里有一些昂贵物件，包括来自美索不达米亚、埃及和塞浦路斯的进口产品。特洛伊Ⅵh与它之前的时期不同，看起来就像经历了大型破坏活动，或许是一场肆虐整个聚落的大火。德普菲尔德坚信这就是荷马笔下的特洛伊战争中，亚该亚人将特洛伊城夷为平地的那场大火。[10]

布雷根：分析与改进

1894年，德普菲尔德离开希沙立克。1932年，该遗址的考古活动由卡尔·布雷根（Carl Blegen）联合辛辛那提大学重新开启。布雷根引进了新式考古学方法，能够更准确地测定沉积层及陶瓷器的年代。在对考古成果进行系统性研究后，布雷根评估出特洛伊文明的演变和文化连续性的相关情况。他首次关注到土丘的所有沉积层，而不仅关注疑似荷马笔下的特洛伊的地层。[11]但布雷根的研究重点仍是史前时期,他修改并完善了德普菲尔德对荷马笔下的特洛伊城的解读。

布雷根尤其注意到,不只是特洛伊Ⅵ存在文化连续性,特洛伊Ⅶ的第1个时期也有前一阶段的文化特性。特洛伊Ⅶa的陶瓷器、人工制品,甚至是城市的布局和建筑,都与此前的特洛伊Ⅵh十分相似。布雷根不禁怀疑,这一时期的居民很可能是从上一时期驻留下来的。他认为,毁坏特洛伊Ⅵh的大型破坏活动并非敌人入侵,而更有可能是一场地震。这也能够解释为何此处的居民没有变化,以及特洛伊Ⅶa为何看起来像是在特洛伊Ⅵh的基础上匆忙建成的。因此,根据布雷根的说法,荷马笔下的特洛伊并不是特洛伊Ⅵh,而是特洛伊Ⅶa。

虽然特洛伊Ⅶa有被大火烧过的证据,但考古学家在灰烬中发现了箭头和未被安葬的骸骨,这意味着这次破坏活动中含有人为暴力成分。除此之外,布雷根还指出,当人们在特洛伊Ⅶa重建特洛伊Ⅵh的宏伟建筑时,经常利用墙壁进行分界。这可能意味着,在这一时期末,有许多人从城外搬进了卫城。布雷根认为这很可能说明此时的城市遭遇了围攻。为了躲避入侵者袭击,周边地区和平原的居民涌入筑有防御工事的城市。[12]

布雷根用科学且有条理的叙述方式发表了考古成果，并将特洛伊发掘活动的数据公开发布给学者和感兴趣的读者。这使得人们能在此基础之上进一步作出重要分析，还能在不同遗址之间进行对比。特洛伊很快便成为安纳托利亚西部的"典型遗址"，为其他地点的考古活动树立了标准。

考夫曼和罗斯：特洛伊历史的全景图

1988年，特洛伊的第3次考古活动开始了。曼弗雷德·考夫曼（Manfred Korfmann）牵头进行了青铜器时代的相关研究，布莱恩·罗斯（Brian Rose）领导了后青铜器时代的相关研究。他们的发掘活动首次赋予了史前时期和史后时期同等的关注度，描绘出特洛伊遗址的历史全景图。[13]

考古现场采用了最新的科学技术，包括使用放射性碳定年法确定更精准的年代表，使用薄片分析法和中子活化分析法确定陶瓷制品的成分和产地，使用物源分析法确定金属和石器的产地及制作工艺，运用动物考古学和植物考古学的知识揭示古代农业及食物供给的运作方式，运用地质考古学和沉积学研究总结古代气候和环境的特点。

此次考古活动最为重大的成果之一是发现了位于希沙

立克地下平原的低城（lower city）。通过一系列地球物理学研究和有针对性的发掘，考古学家们确定土丘脚下曾有一处较大的聚落，在最繁盛时期，其面积达到了20万—30万平方米。[14]因此，我们今天看来具有极大历史价值的希沙立克土丘也仅仅是庞大聚落中的一小部分罢了。希沙立克可能只是一个筑有防御工事和行政大楼的卫城，大部分民众的居住地点不规则地分布于平原上。此次发现对于我们理解特洛伊的规模和重要性产生了深远影响。

考夫曼-罗斯团队的重要进展还包括发现了可追溯到青铜器时代早期、埋在基岩里的地下水管道系统，以及调查了周边地区和特洛阿德地区的相关情况。这些进展也有助于考古学家们把特洛伊的考古发现放置在更为广阔的环境语境当中。

虽然考夫曼-罗斯团队并没有正式宣称将荷马笔下的特洛伊作为考古活动的中心，但考夫曼不可避免地被卷入了特洛伊战争的讨论之中。他大致同意布雷根对特洛伊Ⅶa的分析，低城遭受的破坏中有人为暴力成分的说法与他在卫城的发现不谋而合。低城不仅被全面烧毁，而且在残留的灰烬中，研究团队还发现了武器、弹药和未能妥善安葬的尸体。考夫曼认为，低城本身也证明了在青铜器时代末期的最后，特洛伊城富裕繁荣且在区域之中处于重要地位，这符合《荷马史诗》的描述。虽然考夫曼不喜欢在学术作品里对特洛伊战争下结论，但当被人气杂志采访并被逼问特洛伊战争的历史真实性时，他的回答是："为何不能是真实的呢？"[15]

2001年至今，考夫曼对于特洛伊遗址的考古成果引发了激烈争论。考夫曼在图宾根大学的同事弗兰克·科尔布指控他故意歪曲了特洛伊的发现。双方在学术著作、期刊和大众媒体上进行了激烈辩驳。[16]有趣的是，这场发生在现代的争论中有很多与之前关于施里曼的争议十分类似的话题：聚落的规模和富裕程度、是否正确应用了新型考古方法、考古活动领导人的品格素养等。但和施里曼相反，考夫曼获得了大多数人的认同。虽然也有很多人不赞同他对于特洛伊战争的广义历史主义观点（broadly historicist perspective），但几乎没有什么人质疑他的考古成果或研究结论的真实性。

2005年考夫曼去世之后，该遗址的发掘活动由罗斯和考夫曼的副手彼得·亚布翁卡、恩斯特·佩尔尼卡牵头，一直持续到2012年。此后仍有关于希沙立克新考古研究的讨论，研究队伍是由土耳其人和美国人联合组成的。希沙立克确实存在很多待发掘区域，对未来考古学研究有极大的价值。在施里曼未触及的希沙立克土丘外围，大部分区域仍未被发掘，而且到目前为止*，低城区域只有一小部分被探索过。此外，施里曼从土丘中间挖出来的土壤还有待调查，其中或许有许多青铜器时代末期的遗迹。寻找特洛伊的旅程远未结束。

---

* 本书英文版出版于 2018 年。

第 4 章
特洛伊战争的真相

如今的大多数学者都认为,希沙立克土丘及周围区域就是特洛伊或伊利昂遗址所在地。在古代,各城邦都拥有独特的神话和传说故事。每座城市的记忆之中,都书写着人民引以为傲的英雄和光辉历史。而在这些传说当中,最负盛名也最为精彩的当属特洛伊城的神话——特洛伊战争。

围绕特洛伊诞生了众多神话,其中究竟有多少史实成分?我们是否能将第 2 章所述的神话和第 3 章所述的考古发现联系起来?特洛伊战争反映的历史真相究竟是怎样的?

真正的特洛伊人

在古典时期,希沙立克及周围区域被称为"特洛伊"或"伊利昂",这是毫无争议的事实。在希腊化时代和古罗马时代,众多铭文清晰明确地将其写为"伊利昂"。[1]公元前4世纪末之后，伊利昂开始铸造自己的金属货币，上面刻着古希腊字母"IΛI"（或"ILI"，是"Ilion"的缩写）。[2]我们将在本书第9章和第10章看到，在希腊化时代和古罗马时代，伊利昂是一座人口众多、富裕繁荣的城市，坐落于卫城土丘顶端的雅典娜神庙是它的标志性建筑。

那么在历史上，希沙立克是否一直被称作伊利昂呢？由于遗址中尚未找到相关的史前文字记录，因此我们今天也无从求证。青铜器时代末期以后，在一些非希腊-罗马式文学传统（希腊-罗马式文学传统以公元前8世纪的《荷马史诗》为开端）中，我们能找到一些有价值的文本，它们基本都是赫梯帝国的档案（赫梯帝国的文字记录大致可追溯至公元前15世纪—公元前13世纪）。在青铜器时代末期，赫梯人坐拥一个殷实的帝国，帝国首都哈图沙坐落于安纳托利亚高原中部。在最繁盛时期，赫梯帝国的版图从安纳托利亚西部一直延伸至叙利亚北部。

除此之外，赫梯帝国的众多档案记录了帝国与安纳托利亚西部及爱琴海地区的城邦之间的交流。这些零散的城邦组成了一个联盟，与赫梯帝国之间的关系复杂、亦敌亦友。虽然它们有时也和赫梯结盟，但更多的还是冲突和矛盾。赫梯帝国有几任皇帝曾试图平息地域纷争，想给这些小国套上帝国枷锁，但都没能对安纳托利亚西部地区实施长期管控。在西部地区的考古记录中，赫梯帝国留下的痕迹也相对较少。[3]

安纳托利亚地区有一个名为维鲁萨（Wilusa）的王国。从词源上看，"维鲁萨"和古希腊语单词"伊利昂"（Ilion）有所联系。[4]在很长一段时间内，很多人都认为维鲁萨和伊利昂是同一个地方，直到20世纪90年代才出现有力证据。特别是新出土铭文的破译，让我们对赫梯的地理位置有了更清晰的认知，我们现在能够确定维鲁萨的位置是在安纳托利亚西北部。[5]值得注意的是，有一处文本提到了一个名为塔鲁伊萨（Taruisa）的地方，它和维鲁萨相关。有观点认为塔鲁伊萨是特洛伊卫城的赫梯语名字，而维鲁萨则被用来称呼整个特洛阿德地区。[6]但是，我们既不知道所谓的塔鲁伊萨究竟在何处，又不能完全确定伊利昂或特洛伊是一个真实存在的城市，也不能确定它在青铜器时代末期是否被称作维鲁萨。在第6章，我们将继续追溯青铜器时代末期的特洛伊历史。

真正的"希腊人"

在古希腊史诗集成中，特洛伊的敌军有几个不同的名字。总结来说，最常见的是亚该亚人（Achaeans），有时也会出现达南人（Danaans）或阿尔戈斯人（Argives）。这里尤其要说明的是，史诗集成中提及特洛伊的敌军时从来没有将他们称为赫楞人（Hellenes）或希腊人（Greeks）。"Greek"来自拉丁语"Graeci"，是古典时期晚期才衍生出来的。因此，当古希腊人称呼自己时，并不会使用"希腊人"一词。后来的古希腊作家修昔底德（Thucydides）认为，在荷马所处的年代，希腊人的统一身份认同感并未建立。在今天我们谈论特洛伊战争时，如果有人将特洛伊的敌人称为"希腊人"，那么他所使用的称呼就带有了民族主义意味，这对于与荷马同时代的读者来说是十分陌生的概念。

在本书中，我会使用符合当时历史语境的称呼。因此，当谈到特洛伊战争神话里围攻特洛伊城的大军时，我会使用"亚该亚人"。但当讨论特洛伊神话在后世的再现和解读时，我会使用"希腊人"。

但是，亚该亚人、达南人、阿尔戈斯人究竟是谁？目前我们能确定的是，这三群人均生活在古希腊大陆南部地区。在古时候，亚该亚（Achaea）是伯罗奔尼撒北部的地区，阿尔戈里德（Argolid）是伯罗奔尼撒东北部的地区。达那俄斯（Danaus）是带着50个女儿定居于阿尔戈斯*（Argos）的神

---

* 阿尔戈斯是阿尔戈里德地区的主要城邦。

秘希腊王子，而"达南人"正是指达那俄斯的后裔。因此，达南人或许泛指阿尔戈斯地区的居民。然而，在《伊利亚特》列出的亚该亚联军名单中，很明显并非所有人都来自亚该亚或者阿尔戈里德。[7]名单中的很多地名都是人们熟知的古希腊中部和南部地区，一些位于克里特岛，一些位于爱琴海诸岛的东部和西部，但不包括基克拉泽斯地区。

亚该亚联军的战士来自各地，但"亚该亚人"和"阿尔戈斯人"这两个名词却指向了具体的某地人士，我们该如何解释这种脱节？有两种可能成立的解释。一种说法是，"亚该亚"和"阿尔戈斯"所指的地区会根据时期的不同有所改变，当荷马在公元前8世纪写下史诗时，这两个词的地理含义可能比古典时期更加宽泛；另一种说法是，联军名是以其首领阿伽门农的故乡迈锡尼命名的，而迈锡尼就坐落于亚该亚和阿尔戈里德的交界处。

无论如何，《荷马史诗》中亚该亚联军的故乡确实是历史上真实存在的地方。不管是在古典时期还是在其后的时代，这些地点均富有名气，而且在青铜器时代末期仍有民众居住，包括阿伽门农的故乡迈锡尼、墨涅拉俄斯与海伦的家乡斯巴达、皮洛斯城和涅斯托尔宫，以及埃阿斯的王国萨拉米斯。"迈锡尼文明"在包括这些地方在内的爱琴海地区中蓬勃发展，人们在迈锡尼和皮洛斯都发掘出了富丽堂皇的宫殿。当我们追溯历史时，发现特洛伊似乎真的存在过，亚该亚联军的地域背景仿佛也具有真实性。不过，这是否意味着神话中的事件和人物也都是真实的呢？

特洛伊真实的战争

第 2 章曾提到，古希腊史诗集成中的诗歌是从此前几个世纪的口头传说中衍生出来的。有观点认为，这些故事可能参考了真实历史事件。这些事件极有可能以口头讲述的形式代代相传，因而得以留存。[8]青铜器时代末期或铁器时代早期发生的历史事件，可能在人们的口中流传了四五个世纪，一直传至公元前 8 世纪。特洛伊战争的故事或许也是如此。

有考古记录表明，在青铜器时代末期和铁器时代早期，特洛伊城发生过几场战事，城市曾遭遇了 3 次毁灭。

1. 特洛伊 VIh（毁于公元前 1300 年）。在第 3 章中，我们提到了特洛伊发掘者之一的威廉·德普菲尔德，他认为毁灭特洛伊 VIh 的罪魁祸首是亚该亚人。而根据如今公认的说法，特洛伊 VIh 毁于地震。对此我们将在第6章探讨更多细节。

2. 特洛伊Ⅶa（毁于公元前1180年）。特洛伊Ⅶa确实极有可能因遭遇敌人袭击而毁灭，我们将在第6章结尾讨论相关内容。特洛伊遗址的另一位发掘者卡尔·布雷根认为，在这一阶段，特洛伊战争已经进入尾声。然而，这一时期的特洛伊城并没有像荷马描述的那样雄伟壮观。此外，在这一时期之前，迈锡尼宫殿已尽数被毁，因此，导致特洛伊覆灭的罪魁祸首，不太可能来自古希腊南部和中心地区。

3. 特洛伊Ⅶb_2（毁于公元前1050年）。这一时期的考古记录甚是缺乏，在特洛伊Ⅶb_2末期，整个聚落可能被摧毁并被暂时遗弃，我们将在第7章探讨相关内容。造成这一结果的可能不是人为暴力，而是自然灾害。和特洛伊Ⅶa相同，这一时期的城市很是贫困，并不符合荷马描述的特洛伊城。并且此次的毁灭也发生在迈锡尼诸国陷落之后，因此不太可能是由来自爱琴海地区的力量引起的。

虽然考古学家提供了3个特洛伊战争发生的候选时间节点，但是它们都没能和荷马笔下的描述完全一致。

然而，除了考古记录，我们还可以参考赫梯文献，其中提到了青铜器时代末期发生在维鲁萨内部及周边地区的4次冲突。

1. 在公元前15世纪末，维鲁萨加入了一个反赫梯联盟。此联盟名为亚苏瓦联盟，由安纳托利亚西部诸国组成。据赫梯文献记载，此联盟随后被迅速瓦解。[9]

2. 在公元前13世纪早期，据说维鲁萨曾被某伙敌人袭击，因而寻求赫梯的援助。[10]

3. 仍然是在公元前13世纪，有记载提到维鲁萨被赫梯打败。赫梯强迫维鲁萨与其结盟，两者达成和平条约。[11]

4. 在公元前13世纪末期，据说维鲁萨发生了内部冲突和王朝更迭，当地统治者寻求赫梯的外部支援。[12]

青铜器时代末期发生在维鲁萨的战争，不太可能只有这4场。现存的维鲁萨相关史料都是从赫梯的角度记载的，所以只提及了与赫梯自身利益有关的冲突内容，而且极有可能夸大了赫梯的实力和影响力。如果维鲁萨人自己记录的史料能够留存下来，我们看到的可能是完全不同的故事。

但无论如何，现有文本都说明了青铜器时代末期的维鲁萨曾发生过几场不同的战争，其中至少有3场战争发生在动荡的公元前13世纪。

这些冲突的确有史实依据。不过其中是否包括《荷马史诗》所描绘的特洛伊战争呢？我们不得而知。在第1场冲突中，安纳托利亚西部的联盟和《伊利亚特》中的特洛伊联盟的确有相似之处。但那个时期的敌军并不是从爱琴海西部来的亚该亚人，而是从东边来的赫梯人。此外还有证据表明，一些迈锡尼王国其实是反赫梯联盟的成员，它们并非维鲁萨的敌人，而是并肩作战的伙伴。[13] 第2场冲突似乎也和特洛伊战争的故事不符。尽管敌军确实来自西边，似乎是爱琴海地区某处的联军，但这场冲突的最终胜利者是维鲁萨一方。第3场和第4场冲突也均不符合《荷马史诗》的内容。第3场冲突的敌方是赫梯人，而第4场冲突是发生在维鲁萨的内部矛盾和政治派系之争。

很明显，在青铜器时代末期和铁器时代早期，特洛伊频繁遭遇袭击，经历了不少冲突。在这个过程中，一些联盟集结后又解散，他们既享受了胜利，又饱尝了战败苦果。但这些历史事件都无法与特洛伊战争神话的内容完全相符。关于爱琴海地区西部的迈锡尼诸国围困并击败特洛伊／维鲁萨的故事，我们尚未找到任何史实依据。虽然我们当下掌握了特洛伊的诸多战争史料，却没有一个可以用来还原特洛伊战争的神话。

特洛伊战争的历史语境

从前文我们了解到，青铜器时代末期和铁器时代早期，特洛伊发生了几场战争。其实，这一时期战事频发，爱琴海和安纳托利亚地区都未能幸免。在特洛伊以南、安纳托利亚地区的爱琴海沿岸，有一座名为米利都（Miletus）的城市，就是一个经典写照。

有考古证据显示，在青铜器时代末期，米利都曾遭3次覆灭，其中至少有一次是因为敌人入侵。[14] 如果我们采用目前普遍认同的观点，即赫梯语中的米利都是"Millawanda"或"Milawata"，那么还能在赫梯文献中找到更多与米利都有关的冲突。公元前14世纪，它因为参与反赫梯联盟而被赫梯洗劫；公元前13世纪中期，它成为皮亚马拉杜*的基地；公元前13世纪末期，赫梯国王及其盟友再次将它摧毁。[15] 爱琴海附近地区的频繁战事，也能体现在

---

* Piyamaradu，叛乱者，领导了反赫梯人起义。

青铜器时代末期米诺斯宫殿和迈锡尼宫殿的毁灭当中。这一时期爱琴海和安纳托利亚地区的历史,关键词就是战争、袭击和结盟。

因此在这一时期,诗歌中书写的、诗人吟唱的尽是战争和勇士的故事。第2章曾提到,古希腊民间的口头诗歌能够追溯到青铜器时代,这些民间口头诗歌至少有一部分是以军事为主题的。迈锡尼宫殿中随处可见勇士肖像画,以及围攻战和海战主题的画作。这些画作似乎都描绘了标准的或固定的场景,这意味着画作描述的是脍炙人口的故事或者人们熟知的叙事语境。[16]

安纳托利亚和近东地区语言中的诗歌传统(poetic tradition)也包含军事主题。赫梯文献中有几首军事主题的诗歌和歌曲,其中最有代表性的当属胡里安-赫梯文明的《赦免之歌》(*Song of Release*)。据记载,这首诗歌早在青铜器时代末期就有两种语言形式。它讲述了黎凡特地区一座名为厄尔巴的城市因市议会拒绝赦免重要囚犯而触犯神怒,最终覆灭的故事。[17]这个故事与特洛伊史诗有明显的相似之处——拒绝释放犯人与阿伽门农不愿将克律塞伊斯送还给其父的情节类似;触犯神怒与阿波罗对亚该亚联军降下诅咒的情节类似;厄尔巴的覆灭与特洛伊的陷落也十分类似。以《吉尔伽美什》为代表的众多美索不达米亚史诗,在以赫梯为中心的安纳托利亚地区中广为传唱,内容大多也是勇士间的斗争。

在青铜器时代末期的爱琴海和安纳托利亚地区,战争不仅仅是日常生活中的现实,还是文化生活的重要主题。在这种语境下,民间故事的内容既包含了真实的历史冲突,又包含了虚构的历史冲突。在传播过程中,有一些故事更是将史实与虚构内容混在一起。《荷马史诗》及史诗集成创作时参考的原始材料当然也具有此种特点。

真正的特洛伊战争:公元前 8 世纪的典型现象

然而,《荷马史诗》并不属于青铜器时代末期,而是属于几个世纪之后的几何纹样时期。在创作过程中,《荷马史诗》运用了传统故事和主题,但在诗中加入了新元素,融合为全新的原创文学作品。我们能在诗歌中识别出一些旧时代的元素,但我们不能确定具体哪些元素来自公元前 8 世纪,哪些元素又来自更早的过去。[18]

正如之前的讨论,有史料证明,在《伊利亚特》诞生之前,民间已流传着描写勇士和攻城战的故事。尤其是考虑到青铜器时代末期和铁器时代早期战事频发的特点,这些故事可以被嫁接到任意地点，甚至可能构建出一个架空舞台。不过，公元前8世纪迎来了两个重要发展。一方面，此前民间流传的多个故事被汇集成一个"庞大联盟攻城战"的故事；另一方面，这场攻城战的舞台被选定在特洛伊城。

公元前8世纪是一个特殊的历史时期，有诸多因素导致了上述情况的发展。首先也是最重要的一点，即希腊人的统一身份认同感在这一时期开始形成，这得益于以下几个方面的原因：德尔斐和奥林匹亚成为泛希腊化圣地*，希腊字母的广泛使用产生了一种崭新的语言认同感，希腊聚落的扩张，以及地中海和黑海之间的贸易往来。由此，一种全新的希腊民族统一身份认同感逐渐形成了。《伊利亚特》中描写的亚该亚联盟也能很好地体现出这些变化和意识。[19]

其次，在公元前8世纪的希腊，以城市为单位的自治国家——城邦正逐渐发展。这个过程包括了城市化进程、城市结构的出现，以及法律和公民身份概念的形成。[20]基于此背景，"社区"成为《伊利亚特》重点关注的焦点。

《伊利亚特》的故事舞台选定在特洛伊城，这也很符合公元前8世纪的历史背景。此时的希腊民众在达达尼尔海

---

* Panhellenic sanctuaries，古希腊城邦共同的圣地，向所有古希腊人开放。

峡和黑海地区尤其活跃——这正是特洛伊的附近地区。与此同时,希腊人也开始在爱琴海西北地区组建新社区,并准备通过达达尼尔海峡实施第1次侵略活动。所以《伊利亚特》将故事背景设定在特洛伊,去探索冲突与和解、集体主义与个人主义、个体身份与命运的主题,是再适合不过的了。

在古希腊众多史诗中,特洛伊战争这一脍炙人口的神话故事,本质上仍是在公元前8世纪的语境下创作出来的传说。它确实承袭、借鉴了此前的民间故事和口头传说,其中有些元素或许能在青铜器时代末期和铁器时代早期寻找到史实依据。然而,我们仍不能期待在特洛伊考古活动中探寻到赫克托耳和阿喀琉斯的踪迹、海伦的闺房和亚该亚人的营地。一味在文本的字里行间寻找《荷马史诗》与特洛伊考古发现的相似之处,将会忽略二者的重点。

考古学向我们展示了不同时期特洛伊城的真实生活图景,讲述了在这个历史悠久的聚落中,人们如何生活和死去,如何往返于地中海与黑海、欧洲和亚洲之间。《荷马史诗》及史诗集成向我们诉说着谱写了诗歌的人们所关心的议题,以及他们的希望和梦想。特洛伊的考古学和神话都有着自己的独特韵味。在特洛伊之后的历史中,二者逐渐融合。我们将在第7章中看到，在《伊利亚特》诞生之后，融合很快便发生了。

《伊利亚特》很快就在地中海和近东地区得到了广泛传播。到公元前7世纪，人们对于特洛伊城的概念，大多都是参照特洛伊战争的神话形成的。从这一时期开始，神话所描述的图景开始影响特洛伊城的日常现实生活。而荷马笔下特洛伊的情景，则决定了这座城市在广阔的世界中的实际角色和地位。特洛伊的神话，开始对特洛伊这座城市产生至关重要的影响。

Part 2
City

- 第 2 部分 -
城市

呵，高高的古墓，没有碑石或名字，
俯临着广大、荒芜而环山的平原，
伊达之巅耸立在远方，仍旧无恙，
斯卡曼德（假如是它）的流水依然；
这壮丽的山河还是能名震宇内，
尽够十万雄师在这儿驰骋争战；
但伊利昂的城墙何在？我只能
看到羊群在吃草，乌龟在爬行。

拜伦，《唐璜》

特洛伊矗立在达达尼尔海峡的出口，守护着连接爱琴海和黑海的狭长通道（见地图1）。虽然如今的特洛伊遗址位于内陆几公里处，但在古代，它俯瞰着平静的海湾，为通过这条重要贸易路线的船只提供了安全的停泊之所（见地图2）。

特洛伊脚下的山丘最初是自然形成的，但几个世纪以来，人们在这里居住、建筑，原始山丘最终变成一座沉积物丰富的土丘。在土耳其语中，希沙立克意为"筑有防御工事之地"，希沙立克土丘也就是特洛伊的卫城，拥有社区中最重要的建筑。在一些历史时期里，土丘下方的平原还有一座"低城"。特洛伊在近4000年的时间里成长、发展，并且不断变化着。

希沙立克土丘由不同时期的沉积层组成：从最底部也是最早的青铜器时代早期，到最顶端也是最晚的古罗马时代晚期。如第3章所述，该遗址的早期挖掘者之一的威廉·德普菲尔德设计了一种分类方式，将这些沉积层划分为9个主要阶段——特洛伊Ⅰ—特洛伊Ⅸ。我们今天仍在使用这种分类方式（见地图3）。

在本书第2部分，我们将按照考古学的9个阶段，从最早的沉积层开始，直至最晚的沉积层，一起探索历史上特洛伊的9条生命。在第5章，我们将探索前5个主要阶段——特洛伊Ⅰ—特洛伊Ⅴ，即青铜器时代早期和青铜器时代中期的特洛伊。此时的特洛伊十分繁荣且持续扩张。遗址的首位发掘者海因里希·施里曼甚至误认为这就是荷马笔下的特洛伊。在第6章，我们将探索特洛伊Ⅵ—特洛伊Ⅶa，这是荷马笔下的特洛伊最有潜力的"候选者"。这一阶段正值青铜器时代末期，这座城市的繁荣与史诗中的描绘遥相呼应，彼时的特洛伊是先进和财富的象征。

在第7章，我们将探索铁器时代早期的特洛伊。这时的特洛伊城较为简陋。此章我们将探讨，描写英雄往事的神话如何影响、塑造了特洛伊居民的生活，以及特洛伊神话与公民认同感如何牢固地交织在一起。我们将在第 8 章中看到，古希腊时期特洛伊的神话传说对城市塑造产生了关键作用。那个时代的希腊世界由数百个独立城邦组成，其中出现了一种全新的希腊人身份认同感，这样的时代背景也为特洛伊战争的故事赋予了崭新意义。

在第 9 章，我们将探讨特洛伊神话如何在希腊化时代发挥重要作用。但在这一时期，特洛伊神话并非用于表达公民身份认同的工具，而是一种宣扬政治权威的手段。各路势力彼此较量，改变了特洛伊的权力结构，将这座城市带入了一个新的国际权力话语体系之中。这种现象在罗马时期进一步发展，在第 10 章，我们将看到历任王座不同的政治诉求如何影响了城市命运。罗马人认为自己是特洛伊难民的后裔，所以，无论是在罗马人的想象中，还是在罗马帝国的现实里，特洛伊都占据了特殊位置。

第 5 章
特洛伊早期

特洛伊的历史开端至今都笼罩在迷雾之中。虽然早在公元前 6000 年的新石器时代，特洛阿德地区就有人类的活动迹象，但直到约 3000 年后的青铜器时代早期，才有居民在希沙立克的山丘上正式定居。这里的自然条件很适宜人类定居：低矮的山丘拥有良好的海景视野，并且此处位于海湾深处，优越的地理位置既可以抵御恶劣天气，也可以防御从海上来的敌人。

本章将介绍特洛伊的前 5 个阶段（公元前 3000 年—公元前 1750 年），即青铜器时代早期和青铜器时代中期。从更广泛的地域层面来看，此时的社会结构开始变得复杂，出现了城邦体制，长途贸易体系逐渐扩张，形成了影响后世的文化传统。[1]特洛伊既顺应了时代潮流，也走出了独特的发展轨迹。

特洛伊 I

特洛伊9个阶段中的第1个阶段被称为特洛伊 I（公元前3000年—公元前2550年）。它始于青铜器时代早期，持续了大约四个半世纪。在此期间，这座城市经历了不断整修，到目前为止，考古学家已经确定了特洛伊 I 有14个不同的建设时期。[2]虽然此后的建造活动摧毁了特洛伊 I 的一些遗迹，但已有的考古发现已足够揭开特洛伊 I 的神秘面纱（见图5.1）。

特洛伊 I 直接建于低矮山丘的基岩之上，城中建筑各式各样，其中有几处是按照"迈加隆"（megaron）建筑形式设计的，建筑物内设有长方形的内厅，能从较小的前厅进入。迈加隆式建筑大气宏伟，是青铜器时代爱琴海和安纳托利亚地区的典型建筑样式。在特洛伊早期有人类活动的区域中（102区域，见图5.1），就有一座迈加隆式建筑，其内厅面积可达7.0米×18.5米。虽然今天从占地面积上看，特洛伊 I 更像村庄而非城市（城墙内区域的直径只有90米左右），但当时的特洛伊竟有人力和财力来打造如此庞大的建筑。

从城墙就能看出特洛伊的建造能力。城墙最厚的地方

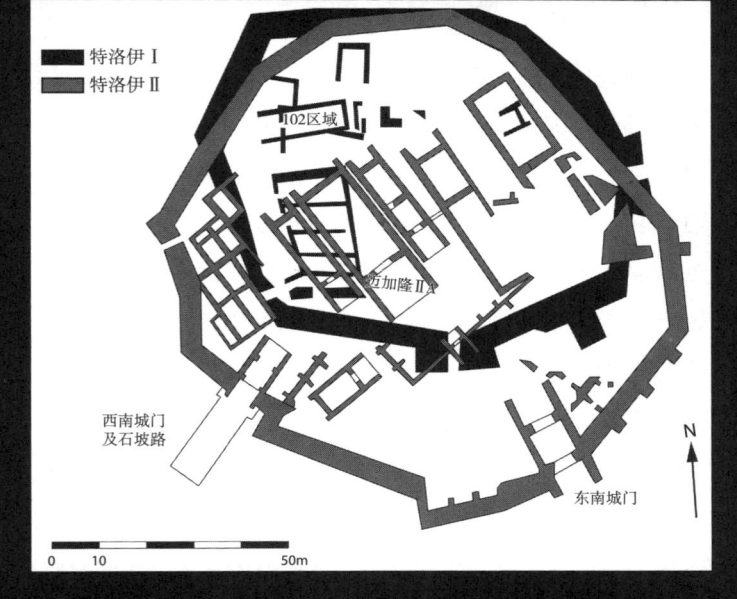

图 5.1 特洛伊 I 和特洛伊 II 平面图

足有 2.5 米，完全由石头建造，极其坚固。这样坚固的防御工事，极有可能是为了防御海上掠夺者的袭击而建造。同时，城墙也成为这一时期的城市所拥有的权力和繁荣的象征，体现了特洛伊在区域内的重要地位。

在类似遗址中，这种规模的城墙很少见。[3] 深入安纳托利亚地区内陆，我们能看到德米尔奇霍尤克和库鲁欧巴的城墙均用泥砖而非石头建造，其功能是抵御洪水而非敌人入侵。[4] 能与特洛伊相媲美的防御工事在利曼泰佩，位于特洛伊以南，离今天的伊兹密尔很近，靠近海边。该城的城墙用石头建造，高度为 2.5 米，配有整齐的扶垛。[5] 与内陆地区相比，沿海地区的防御工事性能更强，这一现象绝非偶然。一方面，海洋带来了贸易机会、珍稀原料和异域奢侈品。但另一方面，海洋也让沿岸地区暴露于危险之中。特洛伊和利曼泰佩能从海洋中获得财富，同时也面临着较大的入侵风险。

这一时期，特洛伊的海上交往情况体现在当地的物质文化当中。特洛伊 I 的传统陶器和爱琴海诸岛的陶器类似，尤其是和莱斯博斯岛的瑟弥、利姆诺斯岛的波罗奇尼的陶器类似。来自爱琴海的进口物品也十分常见，不仅有陶瓷，还有铜和青铜等小型金属制品。考古学家还发现了用独产于爱琴海米洛斯岛的黑曜石制成的刀。特洛伊这一阶段的贸易活动，确实更多地围绕着西部的爱琴海展开，而非东部的安纳托利亚高原。这也给特洛伊Ⅰ贴上了"海上文化"的标签。[6]纵观整个青铜器时代早期，特洛伊和泛爱琴海地区都保持着密切的海上往来。比起陆上邻国，它与靠海的邻国联系更加紧密。

特洛伊Ⅱ

特洛伊Ⅰ和特洛伊Ⅱ（公元前2550年—公元前2300年）之间有着高度的文化连续性，后者似乎是在对前者进行改造的基础之上建成的。在此次改造过程中，特洛伊人抓住机会大幅扩张城市的占地面积，城市规模更加令人瞩目（见图5.1）。[7]

此次改造加固了城墙，并建造了两个宽敞的城门，每个城门都建有瞭望塔。其中一个城门面向东南部的内陆，另一个城门面向西南部的海湾，城门外建有石坡路（见图5.2）。特洛伊Ⅱ经历了几个不同的建设时期。土丘顶峰建有5座宏大的迈加隆式建筑，它们平行排列，最大的一座拥有一个20米×10米的内厅（即"迈加隆ⅡA"，见图5.1）。这些建筑还建有筑墙和柱廊。

图 5.2　通往特洛伊Ⅱ城门的石坡路，部分被重修过

城墙外有人类居住的痕迹。城墙外聚落占地9公顷，聚落外围有防御用的木栅栏。特洛伊不仅包括坐落于希沙立克土丘上的卫城，还包括横跨平原的"低城"。这一时期，特洛伊的人口迎来显著增长。城墙内外的居民地位有很大差距，能进入市中心的居民和其他城内居民的地位又有很大差距。这是我们第一次从城市的结构之中推断出鲜明阶级差距的存在。

此时的社会一边进行阶级分化，一边走向繁荣。人们发掘出了大量金属物品，包括金、银、铜制精加工物品，其中以"普里阿摩斯的宝藏"为典型代表。施里曼声称，他在1873年发掘出了一系列这一时期的珍贵文物（见第3章），包括运用当时最先进的冶铜术炼成的武器、权贵使用的华丽金属器皿、运用顶级工艺制成的珠宝（见图3.2）。尽管我们现在知道，这一系列文物并非同时出土，但它们仍然是青铜器时代早期精致金属制品的典型代表。在这一时期的沉积层中，我们发现了21种不同的贵金属，彰显了特洛伊的雄厚财力。

特洛伊Ⅱ的另一项重大创新是陶轮，它促进了大规模且高效的陶瓷器生产活动。虽然这并非我们今天所谓的"批量生产"，但在当时，陶轮促进了产业升级和特洛伊特色陶器的诞生。当时的特洛伊大量生产并出口陶器,安纳托利亚地区曾出土大批产于特洛伊Ⅱ的德帕斯杯。

运输德帕斯杯的贸易网络也给特洛伊带来了其他商品。以特洛伊Ⅱ出土的大量金属为例,其中不仅有金和银,还有锡和铜,它们被用于制作铜器。特别是锡这种金属,称得上是"远道而来"。科学分析表明,安纳托利亚的青铜器中含有的锡,原产地在中亚地区。[8]此外还有一些较小的奢侈品,比如特洛伊权贵常佩戴的玛瑙珠子和青金石首饰。[9]

远道而来的不仅有货物,还有人才、思想和技术。跨地区的交往催生了共通的精英文化。人们在爱琴海和安纳托利亚地区发现了体现精英身份的行为方式,例如宴请宾客、饮酒和建造宏大建筑。[10]

在整个爱琴海和安纳托利亚地区,此时的社会结构复杂性已经发生质变:社会阶层差距拉大、权力中心化,人口集中在城市或中心地区,急剧增多的对外交往和贸易活动催生出一种所谓的"国际精神"。[11]这一时期,卫城及其中的主要建筑普遍得到修缮。像利曼泰佩和特洛伊这种拥有丰富建筑经验的地区,城墙及主要建筑都得到了进一步扩建,越加宏伟壮观。[12]其他地区也开始出现中央集权和财富集中的迹象。例如,内陆的库鲁欧巴加固了上城

（upper town）防御工事，建造了行政大楼和迈加隆式地标性建筑。[13] 利姆诺斯岛的波罗奇尼也强化了防御工事，并在城墙内建造了几个建筑群，每个建筑群的中心都建有一座迈加隆式建筑。[14]

沿海和内陆地区都在加筑防御工事。尽管它们的精英文化有相通之处，但社区间的交往不一定和平友爱。特洛伊的双重防御工事——卫城的石墙和低城的木栅栏，也是为了防御敌人来犯。

因此，最终使特洛伊卫城化为灰烬的那场大火，极有可能是敌人放的。这一重大事件让施里曼坚信，特洛伊 II 就是普里阿摩斯治下的城市，这个时代就是特洛伊战争神话发生的时代。然而，后来的考古学家确定了特洛伊 II 的年代为青铜器时代早期，而非青铜器时代末期或铁器时代早期，施里曼的理论随之被证伪。不过我们目前尚未明确，究竟是敌人的袭击，还是像地震那样的自然灾害摧毁了特洛伊 II。如果从地震的角度来看，目前的考古证据尚不能揭示出伤亡情况，人们只在大火余烬之中发现了一个头骨。似乎大多数人在大火蔓延之前就逃出去了，但那些无人寻回的珍奇宝藏也意味着特洛伊 II 的居民并没有在大火熄灭后立即返回。

特洛伊Ⅲ

与特洛伊Ⅱ的繁荣相比,特洛伊Ⅲ(公元前2300年—公元前2200年)显得简陋许多。卫城内部原有的庞大的迈加隆式建筑被小型建筑所取代,它们密集地挤在土丘顶部。这些小型建筑似乎并非公共建筑,而是为家庭所用,我们目前尚未发现政府或行政机关等公共建筑。

与上一时期相比,这一时期建筑材料方面的变化比较显著。这一时期的建筑完全以石头筑成,不再像以前那样在石基上垒泥砖。或许是经历了特洛伊Ⅱ的大火之后,居民更加注重防火。城墙仍在使用,也可能稍有修缮,但没有大规模修建和扩建。不过,这究竟是因为缺少工程启动资金,还是因为这一阶段根本无须大兴土木,我们不得而知。

在特洛伊Ⅱ的辉煌之后,特洛伊Ⅲ的贫困状况可谓令人震惊。此时的物质文化极其"简朴"。考古学家仅发现了少量铜针,还有一些石头和陶瓷制成的工艺品。但我们仍能清晰地观察到文化连续性——特洛伊Ⅲ和特洛伊Ⅱ的陶器外观几乎相同,这意味着城市人口数量、传统制作工艺和消费者品位保持了相对稳定的状态。此时的外交活动似乎也保留了上个时期的特点——比起安纳托利亚地区，特洛伊与爱琴海地区的文化联系更为紧密。

特洛伊IV

特洛伊IV时期（公元前 2200 年—公元前 2000 年），外交活动有所变化。在这一时期，特洛伊人开始将目光聚焦于安纳托利亚中部地带，大幅增强了特洛伊在内陆的贸易联系和文化影响力。据研究，特洛伊IV和特洛伊V时期甚至形成了"安纳托利亚 - 特洛伊文化"（Anatolian Troy culture），与特洛伊 I—特洛伊III时期的"海上特洛伊文化"形成了鲜明对比。[15]

这种变化之所以产生，部分原因可能是这一时期特洛伊的陆路贸易影响力日益增强，特别是从特洛阿德到奇里乞亚、横跨安纳托利亚地区对角线的著名的"大商队路线"（Great Caravan Route）。[16] 这一时期，安纳托利亚高原上的聚落十分繁荣，与美索不达米亚和高加索地区联系紧密。[17] 安纳托利亚中部地区北侧的城市阿拉加霍裕克的许多陵墓内都埋着大量宝藏。这些陵墓排列整齐，外面多是石头和木头，墓里却埋有大量珍贵的陪葬品，包括武器和装饰性金属，金、银、琥珀金和铜制成的小雕像和珠宝，以及陶瓷和金属器皿。[18]特洛伊贸易活动的变化,背后原因正是来自东方的强大的消费能力。

然而,与邻邦不同,特洛伊Ⅳ并不富裕。这一时期的卫城进行了部分重建,修复了几处城墙,但都是些小范围修建。特洛伊Ⅳ所呈现出的贫困,也可能是考古过程所导致的。施里曼当时急于挖到土丘最底层,在挖掘过程中破坏了土丘中间的大量沉积物(见第3章)。因此,这一层的大部分遗迹已不可考。不过,这些遗失的沉积物也不太可能推翻现有结论。

特洛伊Ⅴ

特洛伊Ⅴ(公元前2000年—公元前1750年)大约建于青铜器时代中期伊始,这一时期标志着城市发展进入了新阶段。[19]卫城再一次启用防御工事,兴建城墙。城墙内的建筑质量也得到大幅提高。与特洛伊Ⅳ相比,此时的房屋面积更大、墙面更平整、城市布局也更规则。卫城外的平原上有房屋重建的迹象,这表明城市人口数量再次回到增长状态。

特洛伊与安纳托利亚中心地区的紧密联系也是城市繁荣的推动力量之一。也是在这一时期,安纳托利亚地区被纳入了美索不达米亚北部古亚述帝国的势力范围内。亚述人没有对安纳托利亚地区实施主动的政治控制，但他们在长途贸易活动中极其活跃，并在安纳托利亚高原建立了几个长期的贸易站点。[20]当地统治者对亚述人的商业飞地给予保护，以从中获得税款和商品的优惠价格，其中最主要的是金属的优惠价格。在这些商业飞地中，规模最大也最为著名的就是库尔特佩。该地出土了23000余份写于陶土片上的文字材料，使用的是亚述的官方语言阿卡德语楔形文字。[21]这些文字材料首次让我们了解了亚述人的日常事务，包括私人信件、法律文件、收据、账目和其他贸易记录。[22]

在加入亚述贸易网之后，安纳托利亚中部地区越发富裕，各国进一步加入跨越近东和中亚地区的贸易线路网之中。当时安纳托利亚地区有许多独立王国，它们的首都一个比一个富丽堂皇。例如，贝赛苏丹和科尼亚·卡拉霍尤克的皇宫占地面积巨大，均由多个建筑组成，宫墙上绘有精美壁画，宫内不仅藏有奢侈品，还有彰显复杂行政官僚系统的宝物。[23]

在特洛伊V的所有考古发现之中，最震撼的当属皇家宫殿。事实上，特洛伊V似乎还拥有一座规模较小的宫殿。

在此时期，特洛伊显然已经形成了某种中央权力机构，该机构可能建于土丘顶部，能对城市的扩张和城墙重建工程予以监督。然而，由于19世纪海因里希·施里曼过于急切的挖掘活动，与特洛伊Ⅳ一样，特洛伊Ⅴ沉积层中间的遗迹也完全遗失了。

留存至今的特洛伊早期遗迹

如果我们今天去参观特洛伊遗址，能够看到一些特洛伊早期景观。不过想全面了解当时的城市风貌比较困难。

目前，我们能在土丘中心看到特洛伊Ⅰ的部分城墙及南城门的堡垒。为了防御，城门大概只有2米宽。施里曼挖的"大壕沟"（Great Trench）底部有更多特洛伊Ⅰ遗迹。在这里，人们发掘出了部分城墙，还有一些与之相似的石墙，像是矩形房屋的墙壁。在此区域北侧有一座庞大的迈加隆式独栋建筑，与其南侧建有共用墙的房屋形成了鲜明对比。

在遗址处，我们也能看到特洛伊Ⅱ的部分遗迹。西南城门的遗迹保存得相对完好，我们能从城外一览城墙风貌：城墙高2—3米，外立面略微倾斜，一条被重建过的石坡路连接着城门（见图5.2）。在挖到这一区域时，施里曼曾惊叹于这一时期特洛伊的繁荣，于是他断定此处就是《伊利亚特》中的"悉安门"（Scaean Gate）。在此城门西侧，他声称自己发现了"普里阿摩斯的宝藏"（见第3章）。然而，这个城门似乎只是特洛伊Ⅱ的两个城门中较小的那一个。

在如今新建的遮篷底下，我们能看到较大的东南城门，但只能看到一部分。此处城门戒备森严，城门入口处至少有3个堡垒。近期，人们发掘出了高0.6—0.8米的石基，还发掘出了其上垒着的泥砖，近4米高，而城门本身似乎是用石灰岩建造的。[24]如今，我们已无法看到当时泥砖的模样。为了保护文物，泥砖不能暴露在外界环境中，因此研究人员将古泥砖嵌入了重新制作的泥砖里。[25]在重建遗址的过程中，人们精心制作了仿品，使其质感尽可能接近于原来被烧毁的泥砖（原来的泥砖在特洛伊Ⅱ时期的大火中被烧毁）。重建工程不仅包括部分城墙，还包括墙内的迈加隆式建筑。[26]

在西侧，我们可以看到特洛伊Ⅱ其他建筑的石基。西南城门内有庞大的迈加隆式建筑的地基，在它两侧还能看到两座较小的迈加隆式建筑的地基。

如今，我们在遗址中已无法看到特洛伊Ⅲ、特洛伊Ⅳ和特洛伊Ⅴ的遗迹，后来的修建工程和挖掘活动已让它们烟消云散。正如前文所述，这些时期的建筑不如特洛伊Ⅰ、特洛伊Ⅱ的建筑持久耐用，也没有接下来特洛伊Ⅵ的建筑坚固牢靠。

第 6 章
英雄时代的特洛伊

青铜器时代末期，特洛伊进入鼎盛时期。此时，城市繁荣昌盛，人口大幅增长，统治者拥有极大的财力和影响力。如果说《伊利亚特》描述的特洛伊具有史实性，那么它或许就是这一时期特洛伊的写照。特洛伊Ⅵ有宏伟的豪宅和高耸的城墙，有人头攒动的街道和市集，有神秘的牧师和勇武的战士，这里是孕育英雄神话的完美温床。

这一时期的遗迹极其复杂而又壮观，具体可以分为两个阶段——特洛伊Ⅵ和特洛伊Ⅶa（见图 6.1）。但不幸的是，由于施里曼过度"热情"的发掘活动，沉积层中心所有考古遗迹，也即卫城土丘的顶峰已不可考（见第 3 章）。此外在希腊化时代，为了建造一座新的雅典娜神庙，人们将土丘夷平以开拓出一片平整的地面，这个过程也清除了众多遗迹（见第 9 章）。在青铜器时代末期，假如说特洛伊城里

东北堡垒

柱厅

东城门

迈加隆建筑

南城门

宫府

■ 特洛伊VI
■ 特洛伊VIIa
□ 特洛伊VIIb

N←

0 10   50m

曾有一座宫殿的话，那么到今天它早已无迹可寻。

本章将探索如今被称为英雄时代（公元前1750年—公元前1180年）的特洛伊，也就是特洛伊Ⅵ和特洛伊Ⅶa。除此之外，本章还会把特洛伊放置于更广泛的语境下，探讨这一时期横跨地中海世界、极其兴盛的国际贸易和外交活动。

特洛伊Ⅵ

特洛伊Ⅵ（公元前1750年—公元前1300年）跨越了几个世纪，包括青铜器时代中期的最后几年和青铜器时代末期的大部分时间。特洛伊Ⅵ被细分为8个阶段（特洛伊Ⅵa—特洛伊Ⅵh），最后一个阶段被称为荷马笔下的特洛伊。[1]

要论特洛伊Ⅵ最著名、最令人瞩目的遗迹，就不得不提到环绕整个卫城的城墙（见图6.2）。这一时期的城墙所环绕的城市面积足有之前的两倍多，约为2公顷。到了公元前14世纪，城墙宽4—5米，高10米，足以用来防御任何潜在敌人。为了进一步提高防御能力，围墙上还建有许多塔楼和呈锯齿状的壁角。

城墙内是逐渐向土丘中心增高的阶地。阶地上的建筑

图 6.2 特洛伊VI卫城的城墙

极具特色，形状多样，有的墙壁很厚，一楼没有窗户，具有抵御入侵的功能。形状各异的建筑揭示了彼时的城市内部已形成了相互竞争的精英派系。不过，这并不能说明城市里不存在中央集权机构。如上所述，施里曼的发掘活动破坏了土丘中央部分，所以即使有皇宫，其遗迹也留不到今天。除了代表所属派系，这些不同形式的建筑还可能具有不同功能。例如，柱厅里有纺织生产的遗迹，南城门附近的迈加隆式建筑里有宗教活动的遗迹（见图6.1）。[2]

跟卫城一样，特洛伊低城也有防御工事。巨大的沟渠深入基岩，宽约4米、深约2米。沟渠可能配备防御墙，但青铜器时代末期地表的侵蚀作用让我们无法进一步追溯。这条深沟所包围的低城面积约为25—35公顷，即250000—350000平方米。据估算，此时特洛伊低城人口约为4000—10000人。在当时，特洛伊是一座体量庞大的城市，拥有无法忽视的影响力。

几个世纪后，特洛伊Ⅵ在其最终阶段特洛伊Ⅵh覆灭。卫城中，大量建筑被夷为平地，人们还在土丘中发现了火灾痕迹。我们在第3章曾讨论过，德普菲尔德将此次火灾痕迹与《荷马史诗》中的特洛伊战争联系在一起。然而在今天看来，特洛伊Ⅵ的覆灭根源在于自然灾害。城墙和塔楼塌成一片，极可能是由地震造成的。尽管土丘上发生了几处火灾，但似乎都被及时控制住，没有蔓延到整座城市，也没有任何证据能够证明敌人的侵袭。此外，尸体遗骸也非常少。这说明人们可能在灾难发生之前就逃出了城，或者尸体普遍得到了妥善处理。

特洛伊Ⅵ的辉煌繁荣无疑可与荷马笔下的特洛伊比肩，它很可能启发了特洛伊史诗的创作。但特洛伊Ⅵ与荷马笔下的特洛伊的命运大相径庭，史诗讲述的故事也并非特洛伊Ⅵ的真实经历。[3]

特洛伊Ⅵ的成文史

迄今为止，我们未在特洛伊Ⅵ城内发现任何文字记录。考虑到当时的城市规模和财富，特洛伊必然需要行政机构来进行文字记录工作，再加上青铜器时代末期地中海和近东地区留下的丰富文字，对特洛伊Ⅵ来说，缺乏文字记录这一点极其反常。在迈锡尼、皮洛斯、底比斯和克诺索斯的迈锡尼宫殿式中心建筑里，人们发现了使用"线形文字B"记载的档案，这也是古希腊语的雏形。[4]在安纳托利亚地区，不仅在首都哈图沙，甚至在马萨特赫尤克这样的地区里都保存着赫梯帝国的书面档案。[5]人们在黎凡特的城邦里也发现了文字记录,其中最著名的是在如今的黎巴嫩贸易中心乌加里特发现的档案文献。[6]以上事实说明了特洛伊没有档案文献留存至今实在是一桩怪事。或许是施里曼的发掘活动令档案遗失或损毁,又或许是特洛伊人使用了易腐材料作为档案载体,未能经受住岁月洗礼。毕竟,在公元前13世纪中叶赫梯国王的一封信件中,曾提到将用于书写的木板送给特洛伊国王。[7]

虽然特洛伊城内没有历史文献,但我们可以在其他地方寻找到关于这座城市的记载。第4章曾提到,在赫梯文献中,特洛伊被称为"维鲁萨"。据赫梯文献记载,特洛伊和赫梯在外交、政治和战争上均有频繁的互动。赫梯人认为,特洛伊是一个独立的主权国家,虽然面积较小,但仍是赫梯帝国西角的重要盟友。如第4章所述,赫梯文献中最早提到维鲁萨/特洛伊的时间可以追溯到公元前16世纪。一首宗教仪式歌曲的内容表明了赫梯人知晓特洛伊史诗,歌曲开头唱道:"当他们从陡峭的维鲁萨走来之时……"[8]

此外,我们也能在后来的几篇赫梯文献中,用赫梯人的视角来看待特洛伊(见第4章)。公元前15世纪后期,特洛伊加入了一个安纳托利亚西部反赫梯联盟"亚苏瓦联盟"。[9]据赫梯人记载,他们击溃了亚苏瓦联盟,不过其中并没有提到特洛伊的毁灭。有趣的是，特洛伊人似乎正是在此时对城墙进行了几处改造，还开凿了环绕低城的沟渠。

此后，特洛伊的统治者似乎和赫梯保持着良好关系。在公元前14世纪，当另一个反赫梯联盟"阿尔萨瓦联盟"兴起之时，特洛伊似乎保持了中立态度。[10]阿尔萨瓦联盟主要由安纳托利亚西部的国家组成，但也包括爱琴海地区迈锡尼文明的阿希亚瓦王国。[11]阿希亚瓦在爱琴海地区的确切位置尚不能确定，但值得一提的是，彼时爱琴海地区的联盟也与安纳托利亚西部国家有着政治往来。事实证明，特洛伊精英与赫梯结盟的决定体现出了相当大的政治智慧。赫梯国王穆尔西里二世在击败阿尔萨瓦联盟后，随即在联盟各邦进行政治改革，安插服从自己统治的傀儡国王。

蓬勃发展还是死水一潭？特洛伊的贸易争议

特洛伊Ⅵ是一座远近闻名的城市，其统治阶级既强大又好战。特洛伊人开展暴力活动的底气究竟从何而来？人们通常认为特洛伊的财富来自商业贸易，毕竟特洛伊通过区域贸易赚得盆满钵满。[12]然而，关于特洛伊参与长途贸易活动的程度却存在争议。一些学者将特洛伊定性为区域内部的贸易中枢,但也有人认为它处于相对封闭的状态。[13]

青铜器时代末期,地区间的外交活动极其频繁,地中海社区和近东社区之间形成了密集的互动网络。高层统治者之间会定期交流,留下了数百件信件和协约。他们精心维护着外交关系,形成了国际外交体系。埃及的一座城市阿玛纳存有重要外交活动的记录档案,其中有300多封与埃及法老的往来信件,还有一些与埃及势力范围外的主权国的往来信件,包括赫梯帝国、巴比伦尼亚、亚述、米坦尼和塞浦路斯。这些王国的统治者们地位平等,互称对方为"我的兄弟"。此外,还有与埃及附庸国(多在黎凡特地区)统治者的往来信件,包括报告、请愿书和法令。上层统治者之间还会互赠黄金、青金石和战车战马等昂贵"礼品"。[14]

这一时期的商业贸易也蓬勃发展,通过考察失事船舶的情况就能看出这一点。一个典例是公元前14世纪末在安纳托利亚西南海岸附近沉没的乌鲁布伦号。船上的主要货物似乎是生产原料(包括铜、锡和蓝玻璃)以及装在迦南运输罐里的有机食品(可能是葡萄酒或橄榄油)。船上还载有大量小型贵重物品,包括珠宝、武器、化妆品、象牙、乌木、鸵鸟蛋、香料以及各种陶器。[15]这些物品的外形风格混合了许多不同地区的元素,可以称为"国际风格"。[16]拥有像乌鲁布伦号这种大型船舶的商人们在积累资本的同时,逐渐掌握了更多社会权力,他们的商业活动与国家的外交活动紧密联系在一起。

但我们尚不清楚特洛伊在这个交往频繁的世界中占据何种地位。在赫梯文献中,特洛伊人曾与东、西邻国交战。从考古记录中可以得知,特洛伊是长途商业贸易网中的一个站点,主要进口黄金、象牙制奢侈品以及用于生产青铜的原材料。但由于证据缺失,我们无法确定特洛伊在贸易网中的重要程度。

特洛伊城中明显缺少几种典型物品。例如,特洛伊附近的迈锡尼宫殿以工业规模盛产的芳香橄榄油,以及风靡整个地区的赫梯陶瓷,这些在特洛伊城中都无迹可寻。考古学家通常会通过进口陶器来判断城市的对外交往情况,然而特洛伊Ⅵ却极其缺乏此种物品。特洛伊人似乎更偏爱本土陶器,他们根据自己的审美,先是制作了安纳托利亚西北灰陶,又打造了特洛伊棕陶。[17]

上文提到"偏爱",我们知道,特洛伊人其实有很多机会进口外邦陶器,所以这种"本土主义"也许并非源自闭关锁国的政策,而是由于消费者的选择。特洛伊人的品位、追寻的潮流和社会风尚,让他们更加钟爱本土产品。

为了全面了解特洛伊的贸易情况,我们或许可以看看它的出口物品。黎凡特和塞浦路斯出土了安纳托利亚西北灰陶,不过数量不多,它们并不是主要的贸易品。也有人认为,特洛伊的主要出口产品应该是纺织物。上文提到,特洛伊卫城中有纺织制造的遗迹,但由于低城中有更多织机砝码和螺盘遗迹,我们可以合理推测大多数的手工业生产活动都是在低城展开的。此外,特洛伊Ⅵ中还发现了近1吨的染料骨螺*碎壳,这表明特洛伊人曾以工业规模大批量生产紫色染料。[18]因此,纺织物很可能是特洛伊的主要出口产品,但它们很少能留存至今。关于青铜器时代末期纺织品贸易的范围和特点,我们还需要进一步研究。

此外,我们还需要考证地中海地区和黑海地区之间的贸易情况。考古学家认为特洛伊是该线路上的一个重要中转站,但目前仍缺乏足够多的证据。人们在黑海海岸发现了迈锡尼陶器和锚,这或许能够揭示跨越达达尼尔海峡的贸易活动,但我们仍无法确定这条航线的重要性。[19]特洛伊的贸易争议想要得出最终结果,亟待进一步的考古发掘。

---

* 可以用于生产紫色染料的贝壳。

特洛伊Ⅶa

一场大地震让特洛伊Ⅵ的故事落下帷幕,但故事并未就此中断。居民们立刻在城市中心地带开展重建工作,用特洛伊Ⅵh遗留下来的石块修缮城墙。尽管卫城布局发生了变化,但此前的文化形式和社会习俗却得以延续。因此我们可以推测,当地的居民构成没有发生变化。居民们重建的城市宛如特洛伊Ⅵ的化身,我们称之为特洛伊Ⅶa(公元前1300年—公元前1180年,见图6.1)。[20]有人甚至认为特洛伊Ⅶa正是特洛伊Ⅵ的最后一个阶段,应该归属于特洛伊Ⅵ。

大地震后,居民大兴土木,积极重建城市,开展了大量建筑工程项目。他们修复卫城倒塌的城墙、筑造更多墙壁,进一步细分了城市格局,推倒原有公用墙,在旧建筑间建起新楼。卫城里寸土寸金,人口越加稠密。此外,许多低楼层房屋安装了储藏设施,即镶在地面上的大口陶瓷坛。这表明特洛伊Ⅶa的居民在食物储备方面很下功夫,积极囤积食物以防不测。

从防御工事中也能看出,这一时期的居民戒备心很强。卫城有一扇城门被封死,另一扇城门前的狭窄通道被延长,还有一扇城门上多了一个新的防御塔，低城的壕沟也被延长以覆盖更多区域。这一时期卫城内涌入了大量居民，他们搭建起狭小而残破的住所。低城内则涌入了周围乡村地区的居民。对于特洛伊Ⅶa来说，安全显然是个重要问题。

城市改造工程持续进行。特洛伊Ⅶa包含两个时期，第2个时期延续了第1个时期的趋势，人口更加密集、城市安全性能更强。这两个时期的考古发现和特洛伊Ⅵ的发现相差无几，陶瓷器的数量结构没有太大变化。不过有一个显著区别——在上一时期本就数量稀少的进口迈锡尼陶器在这一时期更少了。这可能意味着特洛伊的经济活动或贸易结构发生了变化，但特洛伊特色的安纳托利亚西北灰陶依旧出口至近东地区。这种社会经济变化与当时紧张的安全局势是否有联系，以及有何种联系，我们尚未可知。虽然考古学表明特洛伊Ⅶa的居民的日常生活发生了许多变化，但却未能揭示变化背后的原因。要回答这个问题，我们必须求助于历史文献。

特洛伊Ⅶa的成文史

特洛伊Ⅶa弥漫的紧张气氛，究竟是什么原因导致的？赫梯史料又一次派上了用场。据赫梯文献记载，无论是安纳托利亚西部地区，还是特洛伊城内部，公元前13世纪都是一个局势极不稳定的时期。公元前13世纪上半叶，一个名为皮亚马拉杜的阿尔萨瓦贵族流氓多次出现在赫梯文献中，他突袭并占领了安纳托利亚西部地区。[21]他居住在名为米拉瓦塔或米拉万达的城市，此地很可能就是后来被称为米利都的前身。据说，皮亚马拉杜控制了维鲁萨／特洛伊，赫梯国王开启了讨伐他的战争。我们尚不清楚这两方军队究竟是否到达过特洛伊城内，毕竟更广阔的特洛伊周边领土更适合双方交战，也没有迹象表明特洛伊城在公元前13世纪曾被人为暴力所摧毁。

根据赫梯和维鲁萨的结盟条款，赫梯人或许有义务给维鲁萨／特洛伊提供必要的支援。赫梯帝国档案中关于结盟的条约提到了维鲁萨国王阿拉克桑都*的名字，这一点广受学术界关注。阿拉克桑都与《伊利亚特》中帕里斯的另一个名字"亚历山德罗斯"（Alexandros）相似，虽然这并不能构成特洛伊战争的史实依据，但它表明了神话保留了史实元素。[22]特洛伊与赫梯结盟，或许是由于忌惮皮亚马拉杜，也可能是忌惮他的西方盟友。

---

* Alaksandu，据赫梯文献记载，阿拉克桑都曾于约公元前1280年与赫梯国王穆瓦塔里二世签订过条约。

皮亚马拉杜的西方盟友包括爱琴海地区的城邦，可能是一个，也可能是多个。皮亚马拉杜的活动得到了阿希亚瓦王国的支持，这个国家是爱琴海地区迈锡尼文明的一员。有一次，赫梯国王给阿希亚瓦国王写信控诉皮亚马拉杜的行为。信中提到赫梯人和阿希亚瓦人在维鲁萨问题上的紧张关系。这些史料表明，爱琴海地区和安纳托利亚地区在特洛伊问题上形成了对立。此番结论在那些笃信《荷马史诗》具有史实性的人们看来极具吸引力，但我们不能对史料过度解读。赫梯与阿希亚瓦的关系的历史与特洛伊战争的传说并不相符。在这一时期，特洛伊城并没有任何人为破坏的痕迹，而赫梯人最终也击败了皮亚马拉杜，并与阿希亚瓦修复了关系。

特洛伊既有外忧，又有内患。这一时期，城内充斥着内乱和政党斗争。公元前13世纪末，特洛伊国王沃尔姆被废黜，随即他在赫梯国王的帮助下夺回了王位。特洛伊国王虽然与赫梯国王交好，但似乎有一些特洛伊臣民不赞同"亲赫梯"的国家方针。在这种背景下，内乱也就不足为奇了。阿拉克桑都与赫梯签订的条约明确规定，赫梯需要在特洛伊受到内部或外部威胁时提供支援。不过，与其说是两个国家签订了这份条约，不如说是两方的当朝统治势力主导了条约。

公元前 13 世纪是特洛伊历史上的大动荡时期，充斥着党派斗争、劫掠和突袭事件，还有来自赫梯的压力。我们在特洛伊Ⅶa遗迹中看到的大量防御工事，也表明了这一时期的动荡程度。接下来我们将继续见证特洛伊人民越发艰辛的生活。

英雄时代特洛伊的遗迹

若在今天参观特洛伊Ⅵ的遗迹，我们仍能看到高高耸立的城墙。在那个古老的年代，这堵城墙构筑起入侵者与居民之间的高大屏障。遗迹参观路线伊始的景色壮观，在那里能俯瞰东城墙、一座方形塔楼和东城门。我们今天仍能看到高约 6 米、厚约 4.5—5 米的雄伟城墙。沿着参观路线往下走，将到达城墙附近，然后可以穿过东城门。

东城门非主城门，看起来不是很大。此门建造之初的目的是作防御之用以及控制进城人数。狭窄的通道两侧是陡峭的墙壁，若想入城必须步行。东城门面向内陆地区，比较容易受到敌人袭击。与东城门相比，其他城门的建造虽略显逊色，但也具有极强的防御性。南城门直通低城，配有坚固的塔楼。到今天，这座塔楼的高度仍然能达到 2 米。

我们还能看到卫城中一处特别壮观的防御工事——东北堡垒（Northeast Bastion）。这座堡垒长18米、宽8米，是特洛伊Ⅵ所有防御塔楼中最大、最宏伟的。塔楼里有一口深井，或许曾在特洛伊城被敌军围困之时为居民提供了基本生存保障。我们今天看到的这座塔楼有7米高，但它原本可以高达9米。

如今，想要看到卫城内建筑物的遗迹不太容易。站在游客路线起点的有利位置，能看到东城墙后建筑的基本布局，包括一些建于特洛伊Ⅵ时期的坚固的方形建筑，以及两座建于特洛伊Ⅶa时期的轻型多室建筑，它们挤在特洛伊Ⅵ的建筑和卫城的水井之间。特洛伊Ⅵ的建筑有时还被称为"宫殿"（palace），它们以卫城城堡为中心呈放射状整齐排列，墙壁厚度与特洛伊Ⅶa的建筑形成鲜明对比。

此外，还有一座被称为"宫府"（Palace House）的特洛伊Ⅵ建筑。其名称源于府内的丰富遗物，以及它的高级砖石工艺。在东城门遗迹后面可以看到最后一处特洛伊Ⅵ建筑——"柱厅"，它是曾经的纺织中心，得名于建筑中央用于支撑屋顶的柱子。

如今，低城的遗迹几乎都不可见了。之前的发掘工程已被回填，但卫城的西南部偶尔会发现一些遗迹。那里有通往地下泉洞（Spring Cave）的通道，长度约160米，深入原生岩石；还有至少4口竖井，它们直通地面，深度可达17米。这处泉洞似乎从青铜器时代早期就开始使用，并非开凿于青铜器时代末期，但在末期，它既承担了水源功能，又被赋予了宗教意味，逐渐开始闻名。赫梯国王穆瓦塔里二世和维鲁萨的阿拉克桑都签订的条约以地下河之神卡斯卡尔·库尔的名义起誓，而这处泉洞很可能就是签订仪式的所在地。

世界秩序的终结即将来临

公元前13世纪弥漫的恐惧与动荡，在公元前12世纪初达到顶峰。特洛伊Ⅶa被突如其来的袭击夷为平地。

与之前相比，这次毁灭有明显的人为暴力痕迹。特洛伊的遗迹被掩埋在厚厚的灰烬之下，表明城市曾被大火侵袭。沉积层中有些地方的厚度甚至能达到1米，直观体现了火灾规模。此外，人们在余烬中找到了人体遗骸；在卫城不远处还发现了青铜制箭头和弹弓，这一区域即后来的西圣坛（West Sanctuary，见图8.1）。

20世纪30年代，卡尔·布雷根带领团队考古特洛伊时，认为特洛伊Ⅶa的毁灭痕迹一定是特洛伊战争的遗迹。

在毁灭前夕，特洛伊与爱琴海国家关系恶化，迈锡尼陶器的贸易活动也随之减少。布雷根认为，爱琴海地区联合军最终对特洛伊实施了讨伐。他的理论虽然有趣，但却存在矛盾之处。特洛伊的覆灭可以追溯至公元前12世纪初，即公元前1180年—公元前1150年。此时，爱琴海地区的迈锡尼文明已经沦陷，不可能对特洛伊开展军事行动，更不可能烧毁特洛伊城。那么，特洛伊Ⅶa究竟发生了什么？

特洛伊的遭遇并非偶然。在当时的地中海东部，王国陷落、聚落覆灭的现象几乎同时发生。[23]爱琴海的迈锡尼诸宫殿也被烧毁、遗弃。在安纳托利亚中部，赫梯帝国瓦解，首都的大部分居民出逃。黎凡特的许多城市中心地区也遭火焰吞噬，此后再没有人进行重建。埃及在王朝更替的斗争中失去了帝国领土，四分五裂。

青铜器时代末期建立起来的世界秩序、外交体系和贸易网络，正在走向崩溃。这究竟是如何发生的？从余烬中又将走出一个怎样的新世界？我们将在下一章揭晓答案。

第 7 章
黑暗时代的特洛伊

青铜器时代末期是英勇的国王和庞大的帝国的时代。流芳百世的建筑和艺术作品层出不穷；区域联系和对外交往空前频繁；世界主义*观念形成……地中海和近东地区构建了一个庞大、复杂、精密的区域秩序体系，但大约在公元前 13 世纪末走向崩溃。本章重点解决的问题是：为什么这个体系会走向崩溃？崩溃之后又发生了什么？

公元前 1180 年，特洛伊与许多邻邦一样遭受了严重的暴力破坏，最终走向毁灭。这之后的沉积层被称为特洛伊Ⅶb，它分为 3 个主要时期：特洛伊Ⅶb_1、特洛伊Ⅶb_2、特洛伊Ⅶb_3。特洛伊Ⅶb 就是我们如今所说的黑暗时代（公元前 1180 年—公元前 900 年），不过更准确的说法应该是

---

* cosmopolitanism，一种博爱、平等与和平的意识形态，相信全体人类属于一个基于同样道德观念的社群。

铁器时代早期。

在这一时期,居民生活水平较低,区域交往减少;社会政治结构不稳定,中央集权的城邦体制让位于平均主义的社区体制(egalitarian community);精英文化产物逐渐消失,文学作品等书面材料减少;公共建筑的数量减少、规模变小;奢侈品和贵重商品的生产量下降。一些学者将这一时期称为野蛮落后的"黑暗时代"。但所谓的"黑暗"可能只是因为我们尚未了解这个时代的真面目,而不是文明真的有所倒退。留存至今的书面档案和出土文物是我们了解历史的主要来源,但这两样东西也与精英文化密切相关。所以,像铁器时代早期这样非精英阶层掌权时期的情况,我们自然知之甚少。

铁器时代早期的社会可能比之前更加贫穷和动荡,但也更加灵活。灵活性为新的社会结构和文化结构提供了温床,从而孕育出了我们今天称为"希腊世界"的社会体系,这一点将在第8章进一步探讨。在希腊世界的形成过程中,各地共通的民间故事和神话传说发挥了至关重要的作用,其中最重要的就是特洛伊神话。探寻铁器时代早期的特洛伊遗迹,我们将会发现,在青铜器时代末期覆灭的灰烬之中,这些神话已初具雏形。

灾难和覆灭：青铜器时代末期的终结

第6章曾提到，青铜器时代末期的地中海东部和近东地区充满了暴力、崩溃、破坏和混乱。昔日的雄伟帝国和强大的统治王朝一朝沦陷，诸多城市毁于一旦。究竟发生了什么？这一切又为何发生？

如今，关于这些问题的争论依旧激烈。多年以来，很多学者都认为这场覆灭是强盗入侵所致。他们认为来自欧洲大陆的强盗荡平了古希腊大陆，造成死伤无数，并且推测这场扫荡是古希腊神话"多利安人入侵"*的历史来源。据说，强盗们率领着流离失所的人民，他们很快便适应了水上生活，接着袭击了地中海地区，导致众城邦的覆灭和区域体系的崩溃。这些水上盗贼通常被称为"海上民族"，这是一个宽泛的现代概念，用于称呼古埃及文献中提及的9个不同族群。从这一角度来看，青铜器时代末期城邦的覆灭可以用外来移民的入侵行为解释。

这一时期确实也有证据能证明海盗的入侵。乌加里特

---

* Dorian Invasion，古希腊历史学家提出的一个构想，用以解释南希腊原住民及其语言消失的原因，以及古典希腊时期文化的形成过程。对于此构想的真实性目前学界仍无定论。

国王曾写信请求塞浦路斯国王提供援助,以对抗袭击黎凡特海岸城镇的海盗。在信中,国王的语气极其绝望:"敌舰突袭,他们烧毁了我治下的众城镇,在这片土地上坏事做尽!国家危在旦夕!"[1]这封信,以及后来关于入侵者的民间传说,似乎为被洗劫的城市和覆灭的王国提供了巧妙的解释。

这个简单粗暴的观点看起来极具吸引力,但却问题重重。多利安人入侵希腊大陆的说法可以追溯至19世纪,但并没有史实依据。而"海上民族"也属于一种现代概念,古希腊文献记载了活跃在不同时期的9个族群,但只有其中3个被形容为"海上的"。经过仔细审视,这些文献和考古证据可能并不能与我们的预想完全吻合。

目前,多数学者都认为青铜器时代末期社会大崩溃的原因远比"移民入侵者"理论复杂得多。要探寻大崩溃背后的真正原因,我们需要从其根源进行分析。在青铜器时代末期,各王国构成的区域体系可谓是"牵一发而动全身"。体系维持的关键在于精准平衡,包括地方权力和中央权力、精英阶层和劳动阶层、统治者和被统治者之间的平衡。为了维系统治,无论是在经济、军事层面,还是在意识形态层面,各城邦和统治阶级都必须相互依赖、彼此联系。当一张多米诺骨牌倒下时,其他骨牌必然会接连倒下。

如果仔细审视青铜器时代末期的众城覆灭,我们会在细节之中发现这场灾难的发生并没有我们想象中的突然,并且各个王国也并非同时崩溃,整个过程其实持续了50—80年。比如,迈锡尼宫殿的陷落发生在公元前13世纪的最后几十年;特洛伊的毁灭则发生在公元前12世纪的上半叶。因此,众城覆灭并不是一个事件,而是一个过程。

研究特洛伊Ⅶa可以发现,公元前13世纪充斥着战争和动荡,但动荡不仅发生在特洛伊。公元前13世纪,赫梯帝国内部的不同政权力量发生了激烈冲突:亲侄称帝、叔父篡位、私生子夺嫡。此外,赫梯治下的多个重镇挣脱帝国统治,一些当地统治者自封"大帝"以挑战中央权威。[2] 埃及也出现了此类现象——埃及第十九王朝因内讧而瓦解,黎凡特地区的诸侯国趁机脱离统治,埃及失去了帝国领土。至公元前13世纪末,在青铜器时代末期荣耀一时的诸多政权已经衰落,想要打破区域体系的平衡,只需最后一根稻草。

"稻草"更可能来自社会金字塔的底层,而非顶层。青铜器时代末期的社会运转依赖于劳动阶层生产的大量剩余产品,而这一时期的证据表明,当时的劳动阶层已经失去了大规模生产剩余产品的能力。古环境数据显示,这一时期的气候变化导致了长期干旱，也很可能带来了饥荒。[3]恶劣的生存环境让流浪汉和流动人口心生不满，他们极有可能会走上抢劫或当海盗的道路。所以，那些作奸犯科的人不一定来自远方，很可能只是一群对社会现状绝望、想要投机取巧的本地人。[4]

本就不稳定的社会系统此前因政治权谋斗争已经濒临瓦解，现在又受到自然环境和气候变化的冲击。对社会有限资源日益激烈的争夺或许成为草根群体和流浪者群体兴起的原因。可以想象，随着中央权力的式微，法治体系最终也会走向崩溃。威胁乌加里特的海盗可能并不是什么"海上民族"，放火烧毁特洛伊城的强盗也可能并不是外来者。是社会系统内部出了问题，所以在面对外部冲击时才会如此脆弱。随之而来的暴力和混乱的苦果，也是内外因素共同酿就的。

特洛伊的覆灭与崩溃猛烈而彻底，但在余烬和碎片之中，新的社会秩序正在形成。

特洛伊Ⅶb$_1$：回到特洛伊

在特洛伊Ⅶa毁灭之后，居民们很快便返回故土重建城市，由此开启了特洛伊Ⅶb$_1$（公元前1180年—公元前1120

年)阶段。不过,特洛伊Ⅶb₁可能仅持续了约60年,留下来的考古遗迹也极少。只有卫城里的房屋得以重建,低城里只有土坑和废弃的壕沟。由此可以推断,此时的居民人口似乎大幅缩减。卫城的东城门被完全封锁——毕竟经历了崩溃,安全问题成为重中之重。

从现有考古证据可以看出,这一时期特洛伊的物质文化有两个主要转变。首先,居民们不再使用特洛伊Ⅶa时期常见的大口陶瓷坛。或许是因为人们选择了其他储存方式,或许是因为此时难以搭建仓库。其次,这一时期出现了一种新型抛光陶器,与巴尔干地区的陶器很是相似。人们把这种新型手工陶器用作烹饪和储存器皿。不过,餐具和水壶还是沿用陶轮塑形的特洛伊灰陶和棕陶。

特洛伊Ⅶb₁的遗迹中出土了一个十分有趣的文物,它证明了这一时期与英雄时代存在文化连续性。[5]它是一枚双面青铜印章,其上刻有象形文字式卢维语*(见图7.1)。青铜器时代末期,安纳托利亚大部分地区似乎都在使用卢维语,但象形文字式卢维语与赫梯宫廷有着更紧密的联系。与赫梯帝国官僚机构相关的印章竟然出现在铁器时代早期

---

* Luwian,属于安纳托利亚语族,分为楔形文字式卢维语和象形文字式卢维语,与赫梯语有很高的相似性。

图 7.1　双面青铜印章，刻有卢维语的象形文字

的特洛伊，这让人惊讶。它可能是某个家族的传家宝，也可能是哈图沙陷落后逃至特洛伊的赫梯人带来的。

特洛伊VIIb$_2$：重建特洛伊

与之前相比，特洛伊VIIb$_2$（公元前1120年—公元前1050年）的重建活动规模更加庞大。[6] 人们在卫城内建起更多建筑，很快又在城墙外搭建了储藏设施，低城也重新迎来了居民。大多数建筑都是以编条结构加涂料建造而成的，但值得注意的是，少数建筑物是用石头建成的。这一时期，石勒脚（orthostat）的使用普及开来，这在之前很罕见。陶瓷业的变化更为显著：手工陶瓷器的数量大幅增加、样式增多，使用功能范围也有所拓展。

有人认为，这些变化表明此时有巴尔干地区的移民来到了特洛伊，带来了新的艺术风格和制造技术，并普遍认为这群移民是弗里吉亚人的祖先。弗里吉亚人生活于铁器时代后期，所在城邦被称为戈尔迪翁。在古希腊神话中，他们由迈达斯国王统治，生活困苦。[7] 然而，有证据表明他们并没有进行大规模迁移，也没有取代特洛伊原居民。例如，此时的特洛伊仍在生产陶轮塑形的灰陶和棕陶。不过，旧贸易体系的崩溃或许促使特洛伊与北方地区产生了新的联系。北方的人才和思想来到特洛伊，也可能对城市造成了影响。

公元前 1050 年，特洛伊Ⅶb$_2$ 毁灭，可能又是因为一场大地震。这一时期的沉积层都是建筑倒塌后的破碎瓦砾和砖石，居民们似乎在房屋倒塌后清理走了自己的财产。居民在离开特洛伊Ⅶb$_2$ 前清理了房屋、转移了财产，这明显是一种小心谨慎、深思熟虑的行为。直至今天，特洛伊Ⅶb$_2$ 猝然结尾的背后依旧谜团重重。人们为什么没有进行重建？他们到底去了哪里？

特洛伊Ⅶb$_3$：神话的开端

在 20 世纪的很长一段时间里，人们一度认为自从居民离开后，特洛伊Ⅶb$_2$ 久无人居。直至最近，人们才挖掘出可以准确追溯至特洛伊Ⅶb$_2$ 之后的文物，从而确定了一个新的阶段——特洛伊Ⅶb$_3$（公元前 1050 年—公元前 900 年）。[8] 出土文物是一种原始几何式（protogeometric）陶器，在希腊大陆尤其是雅典盛行。尽管原始几何式陶器仅是特洛伊众多陶器中的一种，但它对于历史阶段的确定至关重要。

在安纳托利亚西北部发现的原始几何式陶器，其实与"伊欧里斯人大迁徙"（Aeolian Migration）的传说有关。这是一个关于爱琴海西部希腊语民族迁徙的神话故事，据说这场大迁徙由俄瑞斯忒斯率领。为了给父亲阿伽门农报仇，俄瑞斯忒斯杀死了母亲克吕泰墨斯特拉，后被流放出迈锡尼。但新近研究表明，这个神话故事并无历史依据。特洛阿德地区的原始几何式陶器数量也无法说明曾发生过大规模人口迁徙。[9]

迄今为止，我们尚未在特洛伊Ⅶb$_3$遗迹中发现建筑物，但却发现了几处宗教活动的证据。一处在城墙外西圣坛区域的青铜器时代末期建筑废墟，另一处在挖掘区域象限D9（见图7.2）。西圣坛的建筑毁于特洛伊Ⅶa末期，废弃了约100年（见图8.1）。特洛伊Ⅶb$_3$的人们在这个残破建筑物的内部和周围挖坑，用以存放宗教物品，包括烧焦的动物骨头、双耳瓶、盛水器和华丽的香炉。象限D9的遗迹情况与西圣坛类似。

人们选择这些地方进行宗教活动有其自身原因。以象限D9的宗教活动地点来说，此处的城墙顶部微微倒塌，但依旧高高矗立于平原之上。当时，人们在城墙底部建了一个升高的平台，能在上面举行仪式。无论是从字面上还是从象征意义上来说，这些宗教仪式都要"向着"光辉英雄时代的雄伟遗迹。西圣坛的遗迹则不像此处一般清晰，但

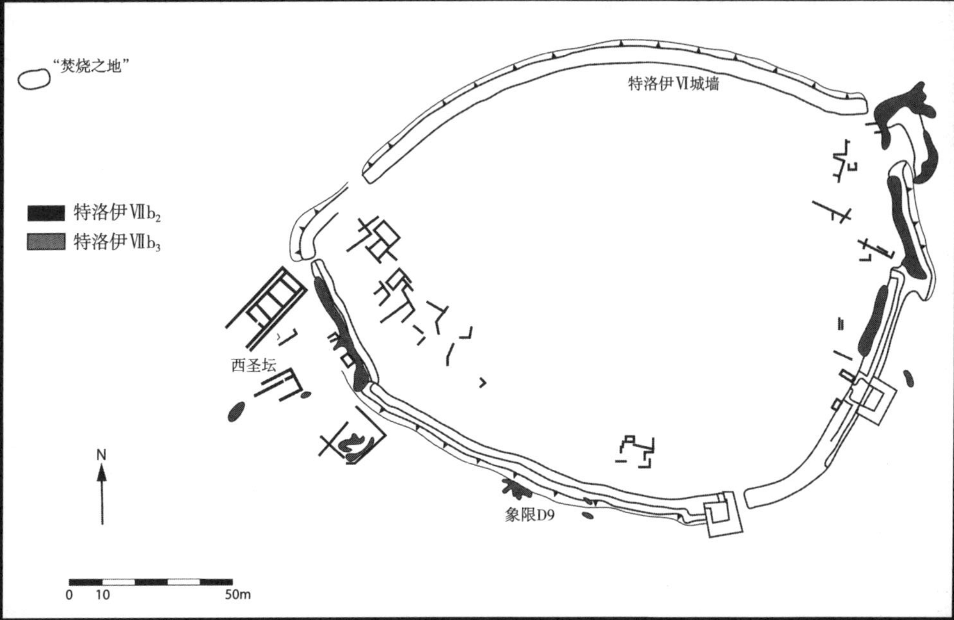

图 7.2 特洛伊VIIb 平面图

对圣坛的某种文化记忆已经代代相传,令特洛伊Ⅶb_3的居民们能够准确找到其所在地。

我们尚未发现这一阶段的家庭用品。因此,我们虽然知道此时的特洛伊有人居住,但并不能明确具体的居住地点。他们可能住在卫城土丘的顶部,所以建筑痕迹都被之前的发掘活动抹去了,也可能住在平原上一些未被发掘的地区。

无论他们是谁,无论他们住在哪里,他们都渴望将自己与古老的过去紧密联系起来。特洛伊Ⅶb_3的遗迹表明,关于特洛伊历史的口头传说、故事和神话已经流传了几个世纪。彰显特洛伊光辉历史的城墙始终屹立不倒,足以让当时的人们想象这座古城曾经的荣耀。

铁器时代早期是黑暗时代吗?

在今天看来,铁器时代早期的特洛伊之所以"黑暗",或许是因为我们对这一时期的历史和人民知之甚少,而实际情况绝对比我们的了解要丰富。特洛伊是反映当前关于所谓的"黑暗时代"思考的典例。

这一时期的特洛伊并不富裕,但依旧有很多可以深入挖掘的方面。特洛伊是一个充满活力且持续变化的社区,此时的它与欧洲大陆和爱琴海西部地区都建立了新联系，新移民们陆续来到特洛伊。这一阶段与之前阶段也存在文化连续性——人们沿用了青铜器时代末期的物品，如刻有卢维语的青铜印章；人们将宗教活动地点选定在青铜器时代末期的遗迹旁。对于特洛伊Ⅶb的人民来说，英雄时代的历史不只是辉煌的过去，同时也是他们建立身份认同的基础。自此，特洛伊神话历史在其文化和人民的意识中开始占据越来越重要的地位。

黑暗时代特洛伊的遗迹

留存至今的特洛伊Ⅶb遗迹极少。仅有的史料大多都没能逃过被挖掘活动毁坏的命运，也未能得到保存。唯一可见的就是西圣坛。考虑到植被的生长状况和每年的时间差异，我们能看到的或许只有早期宗教建筑的几堵墙壁（见图8.1）。

第8章
希腊世界中的特洛伊

铁器时代早期是一个动荡和机遇并存的转型时期。这一时期后,"希腊人"的身份认同和我们如今所熟知的希腊世界(公元前900年—公元前334年)逐渐形成了。

希腊世界以爱琴海为中心,由数百个自治城邦组成。然而其包含的社区地理分布极其广阔且分散:从马赛到塞浦路斯,从利比亚到黑海。人们虽然来自不同地区,但却有着一致的"希腊人"身份认同感,并生活在一套共同的文化规范之下。他们说着相同的古希腊语方言,拥有类似的祭祀仪式体系,流传着将各自历史联结到一起的共通的神话传统(mythic traditions)。

特洛伊在这种神话传统中占有极为重要的一席之地,以特洛伊为主题的各种神话是形成希腊人身份认同的基础。从城邦个体层面来看,希腊各城邦的创立故事都与特洛伊战争中的英雄有关；从泛希腊社会的层面来看，"希腊共同体"的概念寄托在亚该亚联盟之上。

在本章，我们将看到特洛伊的故事如何塑造了希腊世界，还将探索许多特洛伊Ⅷ的遗迹。这一时期包含几个阶段，它们大致可与几何纹样时期（公元前900年—公元前650年）、古风时期（公元前650年—公元前499年）和古典时期（公元前499年—公元前334年）相对应。特洛伊Ⅷ的最后阶段是希腊化时代的大规模改造阶段，我们将在第9章中讨论。

几何纹样时期的特洛伊

考古资料显示，公元前9世纪、公元前8世纪和公元前7世纪上半叶的遗迹都未能得到良好保存。[1]和此前的沉积层状况一样，这些时期的沉积层中心部分已经消失，并且聚落的占地面积似乎也不是很大。西圣坛区域仍然拥有最为详细的考古资料，所以这一时期，我们对居民宗教生活的了解胜过对居民家庭生活的了解（见图8.1）。[2]

在特洛伊Ⅶb_3，人们将青铜器时代末期遗留下来的建筑用作祭祀场所（见第7章）。在公元前9世纪，人们在青铜器时代末期的墙壁基础之上，设计建造了一个新建筑。

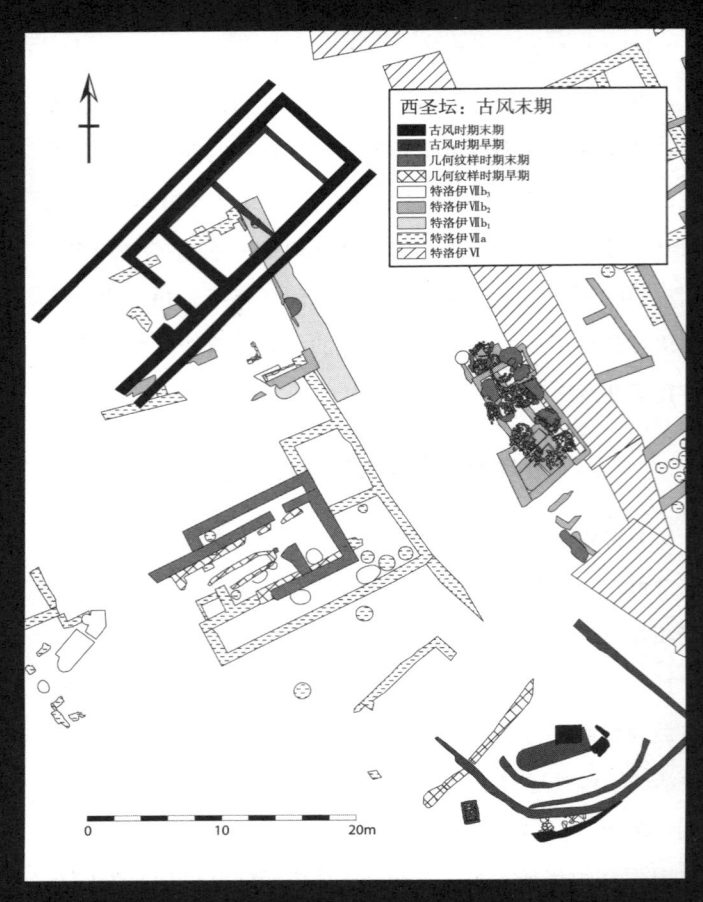

图 8.1 西圣坛平面图,标注了各历史时期目前可见的遗迹

该建筑的中央厅很长,其间摆放着圆形祭坛和一个雕像底座。这座建筑在公元前8世纪末或公元前7世纪初被扩建及改建,逐渐成为一个庞大的宗教建筑群。在其正北侧,有一些炉床和柱坑,因此这里可能还有另一个由木材而非石头建成的建筑体。此外,紧靠卫城城墙的地方还建有一个很大的平台,其上有28个用石头铺砌的圆圈,直径约2米,有燃烧痕迹。在附近发现的陶瓷制品表明,这里很可能举行过盛宴——人们在熊熊篝火的映照下享用美食,在青铜器时代的墙下举杯共饮。

卫城西北方向90米处也有类似仪式的遗迹,卡尔·布雷根将其称为"焚烧之地"(Place of Burning,见图7.2)。[3] 焚烧之地中有约50个青铜器时代末期的骨灰盒,里面存有烧焦的人体遗骸。这些古物(它们对于几何纹样时期的特洛伊居民来说也是古物)可能被用到了崇拜仪式中。此处的仪式场所是一座于公元前700年建成的椭圆形大型建筑,人们也在这里举办过盛宴。象限D9中也有类似遗迹,位于城墙附近。[4]在这一时期,人们沿着城墙建造了新式建筑,带有宴会环节的宗教崇拜仪式也传承了下去。

我们应该如何理解特洛伊人对英雄时代的这种狂热崇拜?一方面,几何纹样时期的特洛伊人只是沿袭了铁器时代早期的传统。但是另一方面，在公元前8世纪和公元前7世纪，此类活动的举行频率大大增加。这突如其来的热情，究竟是什么原因导致的？

此时，特洛伊正在扩张海上联系网络，并开始主导邻近地区的经济活动。特洛伊开始向爱琴海北部地区大量出口一种新型棕褐色高级陶器。贸易的繁荣也可能与安纳托利亚内陆地区国家日益增长的国力有关。弗里吉亚和吕底亚势力先后主宰了安纳托利亚内陆，为奢侈品创造了新市场，并在国家边境施加着政治压力。但是，人们对特洛伊历史的浓厚兴趣，归根结底还是由于泛希腊世界发生的巨变。

特洛伊与希腊世界的扩张

在几何纹样时期，我们今天所说的"希腊世界"开始形成。正如第2章讨论的，这一时期，城邦体制逐渐成形，各个社区也开始产生身份认同，如雅典人、斯巴达人和底比斯人，等等。与此同时，希腊人开始在地中海和黑海地区进行广泛的交易活动，所到之处，他们通常会创建新社区并定居下来，这种现象被称为希腊的"大殖民"（colonization），这让希腊人与更多的民族和地区产生了广泛联系。几何纹样时期的主要特点便是人口流动、开拓探险、定居和结成新社区。

在这一时期，希腊人开始对历史产生越发浓厚的兴趣。希腊大陆的居民在迈锡尼遗址上建造了神殿，青铜器时代遗留下来的坟墓被奉为神话中英雄的栖息之所。随着新城邦的建立，祭奠英雄先祖的风潮流行开来。[5]英雄的故事在民间也开始广为流传。

《荷马史诗》在此番背景下的诞生绝非偶然。公元前8世纪末，《伊利亚特》《奥德赛》相继问世。在发生激进社会变革的时代背景下，讲述光辉过去的英雄史诗无疑具备巨大的吸引力。事实上，《荷马史诗》在民间十分流行，一经问世便风靡一时。我们此前已经看到，米克诺斯岛出土的大口陶瓷瓶上绘有特洛伊神话的场景（见图2.2）。有证据表明，荷马笔下的特洛伊神话故事的传播范围尤其广泛。

在《伊利亚特》诞生后的几年之内，有一个年轻男孩被安葬在那不勒斯湾伊斯基亚岛的匹德库塞。匹德库塞是地中海中部地区最早建立的新希腊社区之一，这个男孩是当地的第一批新生儿之一。在他的陪葬品中，有一个罗德岛产的酒杯，上面的铭文是已知的最早的希腊字母。虽然铭文样式来自爱琴海的优卑亚岛，但铭文很可能刻于匹德库塞，因为其中有一些希腊西部地区的字母。铭文内容是一首短诗，采用了史诗的六步格诗体[*]。

> 我是涅斯托耳的杯子，能使饮料易于入口；
> 谁用了这个杯子，他将会立即
> 被拥有美貌的阿佛洛狄忒的欲念所俘获。

孩童的陪葬品上居然刻着以酒和性为主题的诗句，这在我们看来或许十分奇怪。但这首诗更值得研究的是第一行诗句。"涅斯托耳的杯子"来自《伊利亚特》第11卷，这表明《荷马史诗》当时已经传至匹德库塞。在此地，使用涅斯托耳的杯子作为陪葬品，彰显了男孩的精英地位，寄托了希望男孩来世成为一名英雄的美好祝愿。此外，这段铭文还表明特洛伊神话在当时广为流传，为整个地中海地区的希腊社区建立文化认同提供了基石。

特洛伊神话把希腊世界的共有历史进行了概念化。《荷马史诗》诞生后不久，史诗集成中的另一首诗歌《返乡》问世。《返乡》讲述了特洛伊战争结束后亚该亚英雄凯旋的

---

* hexameter form，源于古希腊语和拉丁语诗歌的韵律。史诗中常用"长短短六步格"（Dactylic hexameter）。

故事。不过，最后只有少数人回到了故土。这首诗的主要情节是战后的英雄们四处游荡，在旅途中建立了新城市。《返乡》迎合了时代需求——为新兴的希腊社区提供了起源故事。比如，一些地中海中部社区就声称，本社区由亚该亚英雄狄奥墨得斯或奥德修斯在返回伊萨卡的旅途中建立。[6] 特洛伊神话不仅仅是联结希腊各社区文化生活的纽带，更是创造希腊人身份认同的绝妙切口。

古风时期的特洛伊

公元前7世纪中叶是特洛伊历史上的另一个重要转折点，体现着暴力破坏痕迹的沉积层见证了这次转折。目前，我们尚不清楚这种破坏是自然原因还是人为原因造成的。不过，有史以来第一次，特洛伊被完全遗弃，人类活动踪迹的消失长达30年。公元前7世纪，人们在重建特洛伊时采取了全新的城市规划。[7]

我们能在西圣坛中发现这一阶段的考古证据（见图8.1），该地继续承担着祭祀功能。此处的古风时期早期祭祀建筑中包含两个面积几乎相同的矩形区域。南边不远处有两个被分隔墙隔开的露天圣坛，分别被称为"上圣坛"和"下圣坛"，每个圣坛的中心都有一个小祭坛。这里出土了数百件用于还愿的物品，露天圣坛或许就是人们的祈愿之地。还愿物品表现了人们对女性神祇的崇拜，并且女性也参与到了祭祀活动中。此地的祈祷和祭祀功能持续了约 100 年的时间，直到公元前 6 世纪才被大幅改造。这一时期，人们建造了一座巨大的伊欧里斯柱式石庙，面积为 18 米 ×8 米。石庙前有一座祭坛，其占地面积随着时间的推移越来越大，长度由 1 米逐渐延长至 8 米。

卫城里也有新的建造工程。不过，其中大部分的建筑或被希腊化时代的工事所破坏，或被施里曼的挖掘活动所摧毁，到今天只留下了极少的遗迹。公元前 7 世纪和公元前 6 世纪，居民们专门修了新阶地（terrace）。这些新阶地为民众的居住需求提供了空间，也为雅典娜神庙的建造提供了空间。最早的雅典娜神庙的大部分建筑已被希腊化时代的神庙重建工程所摧毁，但考古研究发现了残留的地基和一口祭祀用的深井。

除建筑外，古风时期的社会和文化也有一定程度的变化。以陶器来说，特洛伊本地特色风格的陶器几乎消失，取而代之的是典型的希腊陶器。其中包括从雅典和科林斯进口的陶器，以及安纳托利亚海岸伊奥尼亚地区的希腊特色陶器。[8] 此外，希腊语在特洛伊开始得到广泛使用。从公元前 6 世纪开始，城内便出现了少量希腊语短铭文，有刻在还愿物品上的，也有刻在陶器上的。[9]

但我们还不能因此断定，此时的特洛伊完全变成了"希腊"城市。虽然特洛伊的建筑和陶器风格很大程度上确实都符合希腊城市的典型特征，而且人们还在城内发现了希腊语言和文字。但是，此时特洛伊的本土文化和安纳托利亚地区文化与此前时期的文化依旧存在连续性，而且城内出土的希腊铭文数量极少，也极其简短。此外，特洛伊也没有采用典型的希腊城邦体制。例如，特洛伊没有发行铸币，也没有出自政府的公共铭文。在特洛阿德地区，有证据表明丧葬仪式中的传统习俗是本土文化、希腊文化以及其他文化混合的产物。[10] 特洛伊已经开始接触希腊文化，并逐渐被希腊世界所吸引，但它依然保有本土特色。

从公元前 6 世纪中叶开始，波斯人对安纳托利亚的入侵又为文化融合带来了新元素。波斯人在达斯库里乌姆建立了首都，辐射整个特洛阿德地区。在经济和政治方面，特洛伊变成了"二线城市"，财富和区域影响力都逊于达斯库里乌姆。在公元前 6 世纪或公元前 5 世纪特洛伊遭遇大地震之时，特洛伊神话的影响力已经超越了特洛伊城的影响力。

特洛伊与权贵们

古风时期伊始,特洛伊神话就已广为流传。对于分布在地中海和黑海地区的希腊社区来说,特洛伊神话是其共同文化的基石。然而在这一时期,特洛伊神话衍生出了一套新体系,以及更具体的政治含义。

古风时期的诸多诗歌和艺术作品都以特洛伊战争为主题。许多彩绘花瓶上描绘的也都是战斗中的特洛伊和亚该亚英雄(见图8.2)。一些寺庙和圣殿,如位于德尔斐的锡夫诺斯宝库中的雕塑,也以特洛伊战争为主题。[11]萨福、阿尔卡埃乌斯和斯特西克鲁斯等抒情诗人不仅详细讲述了特洛伊神话,还把特洛伊战争视为英雄主义和传奇历史的代名词。诗人伊比库斯(Ibycus)在为萨摩斯的僭主波利克拉特斯写颂歌时,明确提到了特洛伊战争中的英雄。[12]

> 但我现在不想歌颂帕里斯
>
> 那个狡猾的王子,也不想歌颂卡桑德拉……
>
> 或是那些
>
> 勇猛的英雄
>
> 他们自以为傲,带领着一船

图 3.2 公元前 540 年—公元前 530 年黑绘式双耳瓶上的绘画，描绘了埃阿斯和阿喀琉斯争夺阿喀琉斯的尸体的场景

> 饱餐又铆足了劲儿的士兵，
>
> 给特洛伊带去了毁灭……
>
> 这些主题，赫利孔的缪斯女神们
>
> 能在讲故事时脱口而出，
>
> 可我一介凡人
>
> 却很难将个中细节描述……[13]

伊比库斯的任务是歌颂波利克拉特斯，但在他看来，描述英雄主义就必须提及特洛伊战争。诗歌中虽然有相当的篇幅是描写特洛伊战争的，但并非是对故事本身的直接叙述。伊比库斯在这里运用了一个诗歌技巧——打着缪斯的名号，实际上将讲故事的主体过渡给了他自己。这些看似冗长的题外话为波利克拉特斯的脸上添了光，英雄们的光辉加持在了他的身上。

伊比库斯的诗歌表现出古风时期特洛伊的新意义。特洛伊神话不仅与英勇卓越及英雄主义等关键词息息相关，还与顶级的艺术创作密不可分。在这一时期，希腊贵族们注重自我提升、追求精英而卓越的生活方式，特洛伊的故事自然成为希腊贵族文化的关键组成部分。《荷马史诗》中的英雄为希腊贵族提供了生理和道德的范本、英勇和神武的榜样,一些权贵甚至将英雄们视作祖先。例如,古风时期雅典最显赫的两位贵族——腓拉埃乌斯和阿尔克马埃翁,分别宣称自己是埃阿斯和涅斯托耳的后裔。[14]

对于《伊利亚特》、特洛伊神话和贵族精英文化之间的密切联系,公元前6世纪末甚至有幽默作品进行了讽刺。在一个制作于公元前510年—公元前500年的雅典双耳瓶正面,忧郁的赫克托耳正在为战争作准备,两侧是他年迈的双亲普里阿摩斯和赫卡柏(见图8.3a)。这一画面为观众展示了典型的贵族行为场景——孔武有力的年轻男子正准备上战场,将为家庭和族人而战。但在双耳瓶背面,内容产生了反转——三个男子正在饮酒狂欢(见图8.3b)。在男子座谈会上,双耳瓶通常用于倒酒,而这种座谈会正是贵族社交的主要方式。双耳瓶的创作者欧西米德斯(Euthymides)在当时属于一个前卫的艺术家团体,他们经常在作品中以冒犯的方式来颠覆社会和艺术传统。欧西米德斯利用双耳瓶,对座谈会上的贵族们开了一个温和的玩笑——虽然你们标榜自己是正面的光辉英雄赫克托耳,但当痛饮至瓶底时,你们可能更像反面的模样。

图 8.3a 正在备战的赫克托耳,两侧是普里阿摩斯和赫卡柏

图 8.3b 饮酒狂欢者

古典时期的特洛伊

古风时期末的大地震使特洛伊的大部分区域化为废墟。在此后很长一段时间内,特洛伊城内几乎没有任何修复重建工程,公元前5世纪和公元前4世纪的遗迹也极少能留存至今。地震后,人们似乎无力进行重建工作。这种无力一方面有地震的原因,另一方面,考虑到当时的地缘政治,无力更多是因为特洛伊光复之路的艰辛,重现往日辉煌需要花费相当长的时间。[15]

今天,我们通常将古典时期视作希腊人的黄金时期。这一时期,民主雅典处于鼎盛状态,斯巴达也凭借严酷的军国主义达到了权力顶峰。这一时期还诞生了有绝美雕像的帕特农神庙,以及"世界七大奇迹"之一的、拥有象牙和黄金雕像的奥林匹亚宙斯神像;诞生了埃斯库罗斯、索福克勒斯和欧里庇得斯的悲剧*以及阿里斯托芬的喜剧;出现了希罗多德(Herodotus)、修昔底德和色诺芬等第一批历史学家,以及苏格拉底、柏拉图和亚里士多德等哲学家。不过,古典时期的伟大成就几乎都发生在希腊大陆的城邦,

---

* 埃斯库罗斯、索福克勒斯和欧里庇得斯并称为古希腊三大悲剧诗人。

对于希腊世界的其他地区来说，这是一个充满不确定性的动荡年代。

特洛伊及整个安纳托利亚西部地区就是这种情况——战事频发，居民无法得到机会和资源去追求更高层次的生活。从公元前499年几座城市发动反波斯帝国起义，到公元前334年亚历山大大帝的到来，这期间安纳托利亚西部地区战火连连，海陆硝烟漫布、军队络绎不绝、士兵肆意掠夺、百姓困苦不堪。这一时期，特洛伊及邻近地区再无资金用以开展建筑工程建设。

与实物遗迹相比，这一时期的文学资料和铭文信息更多。特洛伊城依然有居民，但人数较少。祭祀活动与《荷马史诗》对他们来说依旧意义非凡。坐落在卫城顶部的雅典娜神庙是主要的祭祀场所，斯特拉波（Strabo）说这座神庙"狭小而简陋"，但我们今天无法看到它的遗迹。特洛伊人在辖区入口处为波斯总督阿里奥巴尔赞修建了一座雕像以示敬意。几位著名历史人物在行军途中也来到神庙祭拜，例如，公元前480年，波斯国王薛西斯在侵略希腊大陆的途中到访；公元前411年，斯巴达将军明达鲁斯在与雅典舰队交战的前夕到访；之后，亚历山大大帝也在行军途中到访（见第9章）。

在公元前499年—公元前449年的波斯战争中,波斯军队与希腊各城邦间的战事不断。这些战事大多发生在安纳托利亚西部,而此地区还要为多支行军部队提供食物和生活保障。公元前480年,由于为薛西斯的军队提供了物资支援,该地的经济受到重创。波斯战争结束后,安纳托利亚的西部城市处于雅典帝国控制之下,这些城市每年需要给雅典进贡的财物并不比之前给波斯的少。此时的特洛伊卫城内有一座新建小型建筑,后来演变为议事厅。

在伯罗奔尼撒战争中,斯巴达军队又一次扫荡了特洛阿德地区,直击雅典要塞。在接下来的20年内,特洛阿德地区的控制权从斯巴达流转至波斯,然后再次回到斯巴达手中。最终,雅典人的雇佣军首领占领了特洛伊。在公元前334年亚历山大大帝到来之前,雅典将领卡瑞斯控制了特洛阿德地区。

尽管政权更迭频繁,但考古证据表明,公元前4世纪特洛伊的经济正在逐步复苏。这一时期的文物均出土于西圣坛或雅典娜神庙,其中的精美陶器数量增多,且大部分都进口自雅典(应该是雅典统治时期进口而来的)。此类陶器常用于需要用餐、饮酒的祭祀仪式之中,人们还在陶器旁发现了马骨头。在特洛伊,马是重要祭品。除了"马匹之神"波塞冬和特洛伊木马,《荷马史诗》也常提及献祭马匹的英雄。虽然今天我们对古典时期的特洛伊城知之甚少,但在古典时期不断变化的文化世界当中,特洛伊的重要地位和意义却是毋庸置疑的。

特洛伊与"希腊"的诞生

特洛伊战争在古典时期被赋予了全新意义。波斯战争之后,繁荣的雅典民主政治让特洛伊神话中的贵族形象发生了转变。

在以往时期的画作里,特洛伊人和亚该亚人的穿着并无不同。但在雅典的彩绘花瓶上,二者的形象产生了差异。在公元前5世纪末的画作中,特洛伊人常以"东方形象"出现,穿戴颇有波斯风格。特洛伊战争还和其他以冲突为主题的神话一起,被描绘成"文明"与"非文明"间的斗争。例如,帕特农神庙北侧的墙上描绘的是特洛伊战争,西侧是"亚马孙之战"(Amazonomachy),南侧是"半人马之战"(Centauromachy),东侧是"众神与巨人之战"(Gigantomachy)。在这4场战争中,一方代表秩序和文明,另一方则代表混沌和野蛮。特洛伊人和充满兽性的巨人、半人马族以及好战而危险的亚马孙女战士被归为一类。在雅典市集*的斯多葛柱廊里，特洛伊人的形象也是如此。[16]

描绘这些形象的目的在于在文化和种族方面，将特洛伊人和古典时期的希腊人区分开来。此时，特洛伊人不再是贵族行为的典范，而被塑造成了一个典型的"他者"，成了反面形象。他们被赋予东方属性，与波斯人一起被时代淘汰。在神话塑造中，他们变得冷酷无情，成为"文明"的宿敌。波斯战争之后，希腊人重新审视了特洛伊战争的故事，并以一种崭新的视角对其进行解读——特洛伊战争是一场文明间的冲突，来自欧洲、勇敢而无畏的希腊人战胜了来自亚洲、专制而堕落的敌人。他们将古典时期发生的历史事件投射到神话之中，给神话打上了时代烙印。

不仅是视觉艺术，此种转变在其他形式的文化表达中也很明显，例如悲剧性戏剧。公元前5世纪，特洛伊人、波斯人及其他东方群体拥有统一的刻板印象，他们被认为"与希腊人大相径庭"，这种定性过程被称为"创造蛮族"（inventing the barbarian）。波斯战争前，希腊的人种学思想体现了丰富的文化多元性特点。但在战后，希腊人更倾向于将所有非希腊人视为同一人种，即蛮族人。波斯战争使希腊世界产

---

*　Agora，雅典市民的商业贸易活动及集会场所。

生了一种全新的思维模式——"我们"和"他们"。[17]

在"创造蛮族"的过程中,"希腊人"(Greeks)的概念诞生了。"希腊性"(Greekness)不仅可以通过语言和文化进行表达,更是一种与生俱来的品质——这是"创造蛮族"的另一方面。如果说特洛伊人是蛮族,那么在特洛伊战争中与其作战的亚该亚联盟就必定由希腊人组成。也正是在这一时期,特洛伊战争才被视作一场希腊人对抗特洛伊人、欧洲对抗亚洲、西方对抗东方的文明与种族战争。

"史学之父"希罗多德是公元前5世纪末的历史学家,他以此种思维模式书写了特洛伊战争。在其《历史》一书的序言中,他列举了一系列从欧洲被绑架到亚洲、从亚洲被绑架到欧洲的妇女,最终以海伦和特洛伊战争的故事达到高潮。希罗多德认为,从这时开始,欧洲人(希腊人)和亚洲人(波斯人)之间就产生了种族仇恨,从而导致了波斯战争,这也是他笔下的焦点。在此视角下,特洛伊战争成为文明冲突的导火索。有趣的是,希罗多德认为这种观点源自波斯人,并不承认这是他和他的希腊同胞们的观点。不过,希罗多德在《历史》中也竭力去打破"我们"与"他们"的二元对立观念,其中的许多故事都彰显了文化多样性。[18]他在序言中对特洛伊战争的叙述或许是为了迎合雅典读者。

希腊人与蛮族人的二元对立思想深深植根于雅典社会。波斯战争后，雅典成为各城邦的领导者，雅典人着手在联盟的基础上构建帝国。"希腊性"理念、团结一致对抗外敌的口号，成为雅典最为强大的意识形态武器。雅典人认为，在波斯仍然构成威胁的情况下，希腊各城邦必须由他们领导。如果意识形态武器不起作用，他们还会采用更加严厉的手段。例如公元前416年，米洛斯岛拒绝加入联盟，雅典人屠杀了岛上所有成年男子，妇女和儿童沦为奴隶。

将希腊人与蛮族人从本质上进行分裂的意识形态，成为雅典进一步实现帝国野心的工具，而民众也并不排斥。事实上，这种意识形态主导了大部分留存至今的古希腊文学，甚至影响了现代人对希腊人和特洛伊战争的看法。像古希腊世界一样，多彩的特洛伊神话只剩下了黑和白。

这一时期特洛伊的遗迹

这一时期特洛伊的遗迹在今天几乎不可见，一部分原因是遗迹未能得到妥善保存，但主要是因为遗迹本身就很少。在西圣坛区域，有时能看见一些古风时期祭祀仪式的痕迹，不过这取决于时节和植被的生长情况（见图8.1）。

第 9 章
希腊化时代的特洛伊

亚历山大大帝的军事征服开创了崭新时代。在历史上第一次,希腊世界的大部分地区与广阔的非希腊领土统一在一起。欧洲的爱琴海、马其顿和色雷斯地区,非洲的埃及和利比亚部分地区,亚洲的安纳托利亚、黎凡特、美索不达米亚、波斯以及中亚地区,直至巴克特里亚,都在亚历山大的统治范围内。

公元前 323 年,亚历山大去世,帝国随之崩塌。不过,他所开启的希腊化时代(公元前 334 年—公元前 85 年)却依然延续,直至约 200 年后罗马开始称霸。希腊化时代主要有两个庞大的多民族帝国,即位于埃及的托勒密王朝和位于美索不达米亚的塞琉古王朝,此外还有其他一众小国。[1] 希腊化时代的国王们的大部分时间都处于交战状态,为领土和贸易路线争执不休。但同时,他们的人民却在文化和社会等方面逐渐靠拢。

亚历山大的军事征服打通了古代世界的不同地区，促进了前所未有的文化互动现象的产生。异族通婚和多语种家庭在当时十分普遍，其基石正是希腊文化和语言。在这种背景下，一种"杂交"的希腊语种——通用希腊语（Koine Greek）——诞生了，从西西里到撒马尔罕，它成为文学和文化的标准语言。[2]在宗教信仰方面，希腊诸神与埃及和巴比伦的神祇也同语言一样彼此融合。希腊的体育运动广受人们欢迎，体育场成为希腊化城邦的标配，从阿姆河上游的阿伊哈努姆到尼罗河第一瀑布附近的欧姆比，都修建了体育场。这种"早期全球化"的现象意味着希腊世界紧密相连，而希腊文化正是其共同纽带。此时，"希腊人"这一概念并非像古典时期一样指代种族，而是指代文化和地位。

希腊化时代是特洛伊Ⅷ的最后一个时期。在此期间，特洛伊又一次进行了扩张，同之前一样，凭借其辉煌的神话遗产扩大了影响力。特洛伊也得到了几位希腊世界的统治者的资助，其中最重要、最著名的就是马其顿国王亚历山大大帝。

亚历山大在特洛伊

公元前334年,亚历山大带领着一支令人闻风丧胆的军队抵达特洛阿德地区。他在特洛伊以东的格拉尼库斯河附近与波斯人展开激战,这是他与波斯帝国三大决定性战役中的第1场。[3]亚历山大一击粉碎了波斯西部总督的联合军队,为横穿安纳托利亚的行军路途扫清了障碍。

在前往格拉尼库斯的途中,亚历山大曾在特洛伊驻足。正如第8章所述,此时的特洛伊城又小又贫穷,但却拥有响亮的文化声望。亚历山大到访特洛伊,似乎是想充分利用此地的文化资本,借特洛伊的战争神话来武装自己。[4]其实,他在到达特洛阿德前就已表现出了对神话的兴趣。达达尼尔海峡北岸,埃雷昂城遥望着彼岸的特洛伊,亚历山大曾在此处的普罗泰斯劳斯墓前驻足,祭奠死去的英雄。

据说,当亚该亚联盟舰队登陆特洛伊时,普罗泰斯劳斯是第一个跳上岸的人,也是第一个在大战中丧生的英雄。后来,他在埃雷昂获得了荣誉和崇拜,据说他被埋在了那里。传说在阿契美尼德王朝时期*,一个名为阿泰克特斯的

---

* Achaemenid period,又称波斯第一帝国,是古波斯地区第一个横跨欧亚非三个大洲的帝国。

波斯总督亵渎了普罗泰斯劳斯墓，他窃取供奉的宝物，将墓地周围的土地用于农业生产，还在圣坛与情人幽会。阿泰克特斯则辩驳称，普罗泰斯劳斯贸然入侵亚洲的行为实为不敬，受到如此对待是他罪有应得。第8章曾提到，据说波斯国王薛西斯曾访问特洛伊并与特洛伊人结盟，薛西斯以结盟作为自己对抗希腊人的理由。阿泰克特斯似乎也用了同样的方式来为自己开脱。在这种时代背景下，亚历山大参拜陵墓的行为并非出于个人信仰或观光愿望，而是一种政治行为。通过此举，亚历山大及马其顿军队成为《荷马史诗》中的亚该亚人的后裔，他们的军事行为，便是对特洛伊人的后裔波斯人所犯罪行实施的复仇。

在特洛伊城，亚历山大祭奠了雅典娜女神和特洛伊战争中的英雄。他参拜了阿喀琉斯之墓，洒下美酒、献上花环，还在墓边举行了跑步比赛。与此同时，他的同伴赫费斯提翁也对帕特洛克罗斯*之墓给予了同等尊敬。我们能从此番行径中一窥亚历山大的"戏剧性天赋"。亚历山大还曾试图实施一系列振兴特洛伊的举措。在格拉尼库斯河战役胜利后，亚历山大回到特洛伊，制订了城市重建及改善居

---

* Patroclus，阿喀琉斯的挚友（也有恋人一说）。

民生活的计划：重建雅典娜神庙、免除城邦税收，以及以雅典娜之名举行体育比赛。尽管亚历山大英年早逝，无法亲自兑现承诺，但他的继任者落实了其中一些计划。

亚历山大为何如此关注特洛伊？和其他人一样，他并非对特洛伊城产生了情愫，而是对神话故事感兴趣。古典时期对特洛伊神话的崭新解读（见第8章）为亚历山大提供了灵感——特洛伊神话是东方与西方、亚洲和欧洲、希腊人和蛮族人冲突的"神话范本"。鉴于亚历山大的宏伟目标是征服波斯帝国、统治整个亚洲及希腊，他自然也想通过利用"神话新解"将军事大业与特洛伊战争联结起来。

同时，亚历山大的政治活动也带有其个人色彩。他的母系亲属长期以来一直声称自己的家族是阿喀琉斯的直系后裔，所以他将自己塑造成新的阿喀琉斯并不只是一种虚伪姿态。而且有迹象表明，他十分热爱特洛伊战争神话。据说，他无论走到哪里都随身携带《伊利亚特》，晚上睡觉时还将其放到枕头下面。和古往今来的众多狂热爱好者一样，亚历山大也为特洛伊的故事深深着迷。

重建与复兴

亚历山大死后，他的两名将领——安提柯和利西马科斯开始接管特洛阿德地区。他们遵循着亚历山大对特洛伊人许下的承诺，开展了轰轰烈烈的重建工程（见图9.1）。[5]

市集（或称中央市场）是最早进行大规模重建的区域之一。它坐落于土丘东南的平原上，位于特洛伊Ⅵ城墙的遗迹之下。从新建的议事厅里眺望，可以看到宏伟的防御工事。人们还在卫城土丘的东北部建造了最多能容纳一万名观众的大剧院。剧院的规模或许并不能说明当时人口的增长，但却能表现出当时的特洛伊城具有吸引大量游客的能力。

游客们或许是被特洛伊神话所吸引，但来到此处更可能是出于一个更为现实的原因。特洛阿德地区的城邦组建了一个宗教及政治性联盟，联盟的活动中心在雅典娜神庙，人们会在这里举办联盟会议和一年一度的节日庆典。特洛伊日益繁荣的物质文化表明，此时的特洛伊凭借庞大的客流量和资金流大量获利。公元前300年前后，特洛伊开始铸币，硬币的两面皆印有守护神雅典娜的形象（见图9.2）。

公元前281年，塞琉古国王控制了特洛阿德地区，特洛伊在其统治下持续繁荣。[6]塞琉古王朝为特洛伊提供着资助，作为回报，特洛伊人以塞琉古人的名义修建了雕像和祭坛，还将一个月份命名为"塞琉基奥斯"（Seleukios，

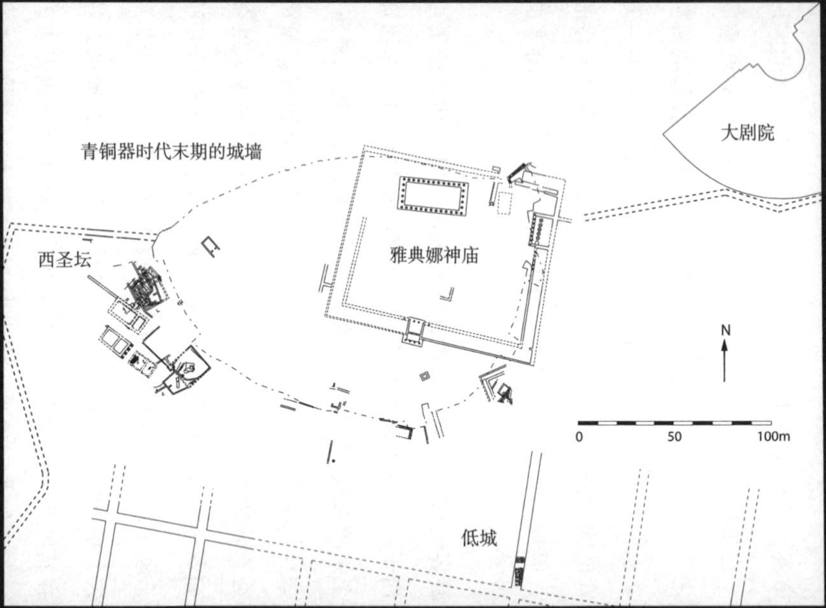

大剧院

雅典娜神庙

青铜器时代末期的城墙

西圣坛

低城

N

0　50　100m

图 9.2 公元前 2 世纪特洛伊的便币，两面皆有雅典娜的形象

这一时期的独立城邦可以使用自己的日历）。这段时期的铭文详细介绍了新设立的节日和圣坛，包括一个国王圣坛和宙斯·普里尤斯^{*}圣坛。

公元前3世纪30年代，在塞琉古篡位者安条克·伊厄拉斯的领导下，特洛伊开始实施宏大的新建计划。此时的低城有居民居住，居民们依照网格式规划对低城进行了重建，并在外围修建石墙。墙内的面积相当大，约72公顷。低城内并非全为居民区，还有剧院、种植园和工业区。希腊化时代的建造者试图让特洛伊超越最后的光辉时代。他们拆除了部分青铜器时代末期的城墙，在其基础上建造了新城墙，并合并了环绕低城的城墙与青铜器时代末期的壕沟。

西圣坛依旧是祭祀和宗教仪式场所。[7]人们在这里新建了若干中等规模的神殿，并对上圣坛和下圣坛进行了改造和扩建。从当时人们供奉的小雕像中，我们可以总结出两个主要的崇拜对象——英雄达耳达诺斯，即神话中特洛伊人的祖先；以及西布莉，即安纳托利亚众神之母，在古典时期和希腊化时代，她的信徒遍布地中海地区。[8]

---

* Zeus Polieus，字面意思是"城市中的宙斯"（Zeus of the city）。

在更广阔的特洛阿德地区,其他城市也在进行着重建和扩张,同时通过结盟与特洛伊加强了关系。特洛伊附近的"英雄冢"体现着人们对特洛伊战争遗迹的狂热。英雄冢通常是史前土丘,几个世纪以来,人们不断将其与特洛伊战争联系在一起。大部分土丘都被视为《荷马史诗》中的主角的安息之所,包括阿喀琉斯、帕特洛克罗斯、赫克托耳、埃阿斯和赫卡柏。例如,在如今被称为"阿喀琉斯之墓"的希弗莱特佩土丘,公元前3世纪中叶的人们立下了宏伟高耸的墓碑。[9]特洛伊人的此番行为显然是想通过利用《伊利亚特》的文化遗产,达成促进旅游业发展、更好地控制领土和盟友的双重目的。

公元前3世纪,塞琉古减少了对特洛伊的资助。因为此时的特洛阿德地区受到了新生政权帕加马王国阿塔罗斯王朝势力的影响,此股势力的背后还有罗马盟友的支持。公元前2世纪初,阿塔罗斯和罗马正式对特洛阿德地区实施了管控,他们对特洛伊十分友好,再一次对整座城市实施了免税政策。特洛伊之所以受到特殊对待,是因为罗马人声称自己是特洛伊难民的后裔,因此把特洛伊视为"母城"(见第10章)。从这时起,特洛伊开始与罗马产生紧密联系。

雅典娜神庙

雅典娜神庙是希腊化时代特洛伊最引人瞩目的建筑。庞大的建筑工程开启于公元前3世纪30年代，历时80年才得以竣工。神庙占地16.4米×35.7米，全部由大理石建成，坐落于一个巨大的露天圣坛内，圣坛占地109米×88米，占据了卫城土丘一半以上的空间（见图9.1）。

为了修建圣坛，希腊化时代的建筑工人们需要开拓出一片广阔的阶地。他们将崎岖不平的山丘削平，但这也摧毁了大量青铜器、铁器时代的遗迹以及当时的建筑。为了支撑圣坛的边缘部分，他们利用青铜器时代遗留下来的城墙建造了巨大的阶梯式墙体。圣坛的东北角位于特洛伊Ⅵ的东北堡垒之上。游客若想造访，只能由一个巨大的山门（Propylaea）进入。通往山门的路始于平原上的市集区，穿过特洛伊Ⅵ的城墙（位于青铜器时代的南城门）。在这里，英雄时代的辉煌过去构成了重要的建筑历史。

该区域还有一个神秘建筑或许也与英雄历史相关。那是一个圆形结构的小型大理石建筑，其下有一口深井，只能经由一条狭长的地下通道进入。我们目前无法确定这个神秘建筑的功能，但有人认为它可能与洛克里斯少女

（Locrian Maidens）的仪式有关。该仪式能够勾起人们的回忆——在特洛伊沦陷期间，洛克里斯的埃阿斯亵渎了卡桑德拉，打着为埃阿斯赎罪的旗号，有人将洛克里斯的贵族少女当作贡品送往特洛伊。[10]如果以上观点属实，那么这将成为特洛伊城市景观中包含《伊利亚特》文化遗产的又一案例。

雅典娜神庙本身也蕴含着《伊利亚特》的气息。它采用多立克柱式结构，柱间壁上有雕画，但只有部分留存至今。[11]北侧柱间壁上描绘了特洛伊战争的神话故事，包括萨尔珀冬之死；激烈的战斗场面，其中一方身穿典型的"东方"服饰；以及阿波罗神驾驶着战车，这一场景或许出自《伊利亚特》，即阿波罗神正在给亚该亚人降下瘟疫（见图 9.3）。位置的选择十分重要。神庙的北侧区域离主入口最远，游客进入后并不会立即看到那里。但神庙的北侧面朝着城市腹地和远处的达达尼尔海峡，站在那里，可以俯瞰卫城土丘的边缘。神庙墙面色彩鲜艳，从远处也能一览无遗。因此，站在广袤的城郊向卫城北部望去，能清晰地看到绘着特洛伊战争主题的墙壁。

神庙柱间壁描绘的并非仅有特洛伊神话的场景。另外三面墙还画着"众神与巨人之战""亚马孙之战"和"半人

图 9.3 雅典娜神庙中雕刻着太阳神的柱间壁

马之战"的场景（见第 8 章）。虽然这些主题与特洛伊城没有直接关系，但它们在希腊化时代被广泛用作装饰图案。比雅典娜神庙更为著名的雅典帕特农神庙建于古典时期，它就采用了此种装饰方案，而雅典娜神庙的具体布局甚至都与后者完全一致。

希腊化时代的特洛伊人为什么要复刻帕特农神庙的雕画？实际上，复刻并非仅限于此。如前文所述，特洛伊每年都会举办雅典娜庆典，将特洛伊联盟成员聚集在一起。这个节日被称为"泛雅典娜节"（Panathenaea）——与雅典一年一度的"雅典娜庆典"同名。另外，与雅典一样，特洛伊每 4 年还会举办一次更为盛大的庆典，包含体育、诗歌和音乐比赛。[12]这一时期，特洛伊的硬币也和雅典硬币十分类似——一面是雅典娜的崇拜形象；另一面是戴着头盔的雅典娜，与古典时期的雅典硬币形象如出一辙。

目前，我们尚不清楚特洛伊为何要依照雅典的方式来崇拜雅典娜。当时的雅典既不是政治中心，也不再是希腊世界的文化中心。希腊化时代的文化中心是亚历山大、巴比伦和帕加马。特洛伊对古典时期雅典的文化符号产生兴趣的原因，或许更多与安纳托利亚西部地区的变化有关，并不在于雅典本身。大约在同一时期，安纳托利亚西部的几个城市都自发沿袭了雅典传统,再现了几个时代以前在雅典流行的风尚。或许特洛伊只是顺应时代潮流罢了。

特洛伊与学者们

亚历山大去世后,将特洛伊战争视为文明间冲突的古典观念不再受欢迎。随着希腊化时代文化的多元发展,特洛伊的故事自然也需要新的解读。此时的学者们客观审视了古典时期被政治化的神话故事,将神话归入了一种崭新的精英高级文化体系之中。

如前文所述,希腊化时代的"希腊性"并非种族问题,而是参与希腊文化的问题。那么,这种特性必然与阶级相关,毕竟近东地区的精英和统治者大多数都是亚历山大的马其顿将领的后裔。在希腊化时代的王宫,知识就是力量。这些国王致力于资助大型图书馆的建设工程;积极维系学者,将各路学术群体发展壮大;打造国际学术中心,例如帕加马图书馆和著名的亚历山大图书馆。[13]

为了彰显自己在希腊神话领域的博学多识,诗人们竞相创作,把一些鲜为人知的细节融入作品之中。[14]很多诗人都是"文本学者"(textual scholar),比如高产的卡利马科斯,其作品包括颂歌、哀歌和警句,以及长诗《起源》,该诗介绍了各种特色仪式或祭祀仪典背后的神话故事。罗德岛的阿波罗尼奥斯创作了一系列介绍著名城市起源的诗歌，以及《阿尔戈英雄纪》，这是一部关于伊阿宋和阿尔戈英雄的史诗。神秘的作家吕哥弗隆写下了长诗《亚历山大城》，他以特洛伊预言家卡桑德拉的口吻，通过谜语和晦涩的语言讲述了多彩的神话故事。

可以看出，特洛伊战争的故事与荷马及《伊利亚特》间的联系越来越紧密。《伊利亚特》成为学术辩论的参考文本，亚历山大图书馆的管理员们投身到各种文本手稿的研究之中，不断提出注解和修正。事实上，许多《荷马史诗》的旁注*版都可以追溯至这一时期。正是当时的学者将《伊利亚特》分为24卷，并添加了重音和标点符号。

研究特洛伊战争不为人知的细节成为一种风潮，因此在希腊化时代，有些著名艺术作品的主题并非神话的主要英雄，而是此前默默无闻的人物，比如特洛伊祭司拉奥孔（见图9.4）。据《荷马史诗》，拉奥孔曾试图阻止特洛伊人将木马带入城内，但最后，他和他的儿子们却被大蛇拖入海中。今天已知的最著名的拉奥孔雕像是罗马人制作的仿

---

* Scholia，对文本的批注，以助于更好理解诗歌和更广泛的希腊神话。

图 9.4　希腊化时代拉奥孔及其儿子们的雕像的仿品

品，原作诞生于希腊化时代，但原作的具体形态至今尚不清楚——罗马雕塑家很可能在原作基础上进行了创新。从文艺复兴时期至今，该仿品还经历了多次修复。[15]

特洛伊战争、史诗的源头和历史的开端

在第8章中，我们已经了解到很多希腊城市都将其起源追溯至特洛伊战争结束后。人们认为亚该亚人离开特洛伊后，在漫长而曲折的返乡途中创建了希腊各城。在希腊化时代，特洛伊战争是"起源之起源"的观念传播开来，人们对立足于《荷马史诗》的起源神话（origin myths）兴趣渐浓。

这一时期，关注当地历史的文学作品、讲述起源神话的诗歌（ktisis poem）和英雄族谱比以往任何时候都要受欢迎。在争夺光辉祖先的过程中，马其顿国王和统治者们最为卖力——古典时期，"马其顿人是希腊人"的观念没能得到普遍认可，因此，他们现在竭尽全力试图创造自己的"希腊族谱"。[16]在这一时期，许多新建城市都热衷于寻求与古代神话的联系，那些已有历史积淀的城市也是如此，目的就在于在变化的世界秩序中占据一席之地。

此外，一些学者还试图追溯可考历史的开端。早在古典时期，历史学家希罗多德和修昔底德就将特洛伊战争归

为神话而非历史的范畴。希腊化时代的人们试图对这一观点进行科学证实。

地理学家和自然科学家埃拉托斯特尼（Eratosthenes）创造出了历史上最早的时间测量装置之一。他设计了一个时间测定体系，能将此前历史事件的发生时间精确到具体年份。他称特洛伊战争可以追溯至公元前1184年或公元前1183年。一个世纪后，当阿波罗多洛斯编著《历代记》时，也从特洛伊战争开始写起。从此以后，特洛伊的陷落成了分界点，将神话和历史、光辉英雄的传奇世界和脆弱人类的平庸时代分割开来。"时间"由此被分为特洛伊陷落前和陷落后。

费姆布里亚与特洛伊的陷落

希腊化时代的特洛伊城，与其众多前身的命运一样，在公元前85年迎来了灭顶之灾。不过与此前不同，我们有充分的资料和证据能证明此次浩劫是由敌人袭击所致。然而，发动袭击的领袖不是《荷马史诗》中的阿伽门农，而是背叛罗马的指挥官盖乌斯·弗拉维乌斯·费姆布里亚（Gaius Flavius Fimbria）。

这一时期，特洛伊已成为罗马亚细亚行省的城市，该行省包含安纳托利亚西部和中部的大部分地区。公元前133年,最后一任阿塔罗斯国王去世后,王国被赠予了盟友罗马。罗马(几乎)不流一滴血就获得了新地盘。好斗的费姆布里亚原本被派往小亚细亚为瓦莱里乌斯·弗拉库斯效力,但他很快就与上司产生了争执,随后他找准了时机实施了叛乱。杀死弗拉库斯后,费姆布里亚将注意力转移至在第1次米特里达梯战争中,由本都国王米特里达梯领导的反罗马城邦联盟。当费姆布里亚来到特洛伊时,特洛伊人将他的军队拦在了城外。费姆布里亚对特洛伊实施了围攻,仅用了11天就将城市占领,他在特洛伊城内制造的破坏骇人听闻。

有考古证据能够证明这一时期的暴力事件。[17]西圣坛的几座宗教建筑都被烧毁了,但里面的物品已被提前清空。特洛伊人似乎知道费姆布里亚要来了,于是赶在他到来之前将所有贵重物品都运到了城里。

希腊化时代特洛伊的遗迹

我们如今可以看到两处希腊化时代的特洛伊遗迹。第1处位于西圣坛,在上圣坛的部分区域可以发现带有希腊化元素的遗迹,包括圣坛墙体的东北部,精心修建的砖石显然遵循了特洛伊Ⅵ防御墙的路线;以及曾经矗立于上圣坛中心的露天祭坛的矩形底座。

第 2 处是希腊化时代的雅典娜神庙遗迹。站在特洛伊Ⅵ东北堡垒的顶端,我们所在的高度和神庙所在阶地的高度大致相同。附近小道上有许多砖石碎片,它们都来自雅典娜神庙的大理石装饰和栅格状天花板。这一区域还有神庙的其他材质碎片。柏林的佩加蒙博物馆里有绘着雕画的柱间壁遗迹,是施里曼捐赠的遗产。

第 10 章
罗马世界中的特洛伊

罗马帝国在不断扩张的同时，也在特洛伊神话里寻求起源和根基——罗马人称自己是埃涅阿斯的后裔。埃涅阿斯是一个特洛伊次级皇室成员，在城市陷落后出逃。这种说法倒是保证了特洛伊在罗马帝国内的特权地位，对特洛伊人来说百利而无一害。

罗马统治特洛伊的最初几十年并没有给特洛伊带来立竿见影的改善。此时的罗马人仍忙于巩固其在地中海东部地区的权力地位，忙着处理反抗和叛乱。公元前1世纪的罗马根基不稳、自顾不暇。一些将领开始争夺权力，旧有共和国体系逐渐崩溃。[1]这些将领的名字可谓是如雷贯耳：苏拉，公元前84年，即费姆布里亚毁灭特洛伊的后一年，苏拉率军攻打罗马，并获得"独裁官"的名号；克拉苏，凭借巨额财富而闻名；庞培，他为罗马战胜了东方的敌人，被授予"伟大的庞培"称号;当然,还有尤利乌斯·恺撒,他被尊为"恺撒大帝",恺撒政权为罗马共和国的棺材敲上了最后一颗钉子。

在这个动荡的世纪里,特洛伊和小亚细亚的大多数城市一样,都处于贫困状态。[2]据一处铭文记载,为了抵御奇里乞亚*海盗,许多援兵被派去保护特洛伊;另一处铭文记载,庞培曾伸出援手帮助特洛伊人对抗海盗,特洛伊人对此十分感激。这一时期,特洛阿德地区联盟也陷入困境——特洛伊的盟友无法再向联盟金库支付每年泛雅典娜节的资助钱款。人们还发现了刻有复杂贷款协议的铭文。公元前48年,尤利乌斯·恺撒造访特洛伊时,所见之处皆为断壁残垣。诗人卢坎写道,恺撒试图寻找神话中那宏伟的城墙,并提及曾经的辉煌宫殿如今已树木丛生。[3]为挽救特洛伊,恺撒把大量领地分配给特洛伊人,还对其实施免税政策。

直至公元前27年,奥古斯都用元首制取代共和制,建立朱里亚·克劳狄王朝,特洛伊的情况才真正开始发生变化。许多考古记录表明,此时的特洛伊处于一种"复兴"状态。特洛伊的最后一个阶段即特洛伊Ⅸ(公元前85年—

---

* Cilician,贸易繁盛地区,盛产海盗。

公元 7 世纪）彰显了罗马世界中的特洛伊所拥有的财富和繁荣。

特洛伊式"文艺复兴"

特洛伊Ⅸ开展了许多重大建设项目（见图 10.1），其中大部分位于土丘底部或低城区域，而希腊化时代的雅典娜神庙依旧占据着土丘的顶端。[4]

西圣坛仍是宗教祭祀场所，经历了大规模重建。人们没有对费姆布里亚毁掉的神庙进行修复，而是将石材用到了其他建筑工程中。为了覆盖早期遗迹，人们在圣坛后面的卫城土丘西南侧挖土，用于填平并抬高地面。奥古斯都统治期间，人们在新填区域建造了柱廊，站在那里可以俯瞰西圣坛。

然而，直至 1 世纪的最后 25 年，西圣坛本身的重建项目才正式启动。人们在新填区域建造了露天祭坛，还对一座比较旧的神庙进行了翻新。此外，还建造了一个用于观看仪式和表演的看台，最多可容纳 360 人。这表明此处举办的活动比较受欢迎。至于仪式、表演和宗教祭祀的具体内容，现在尚不可知。考古学家没有在这里找到西布莉的小雕像和达耳达诺斯的骑士牌匾（见第 9 章），有迹象表明关于他们的崇拜仪式已经转移至低城展开。

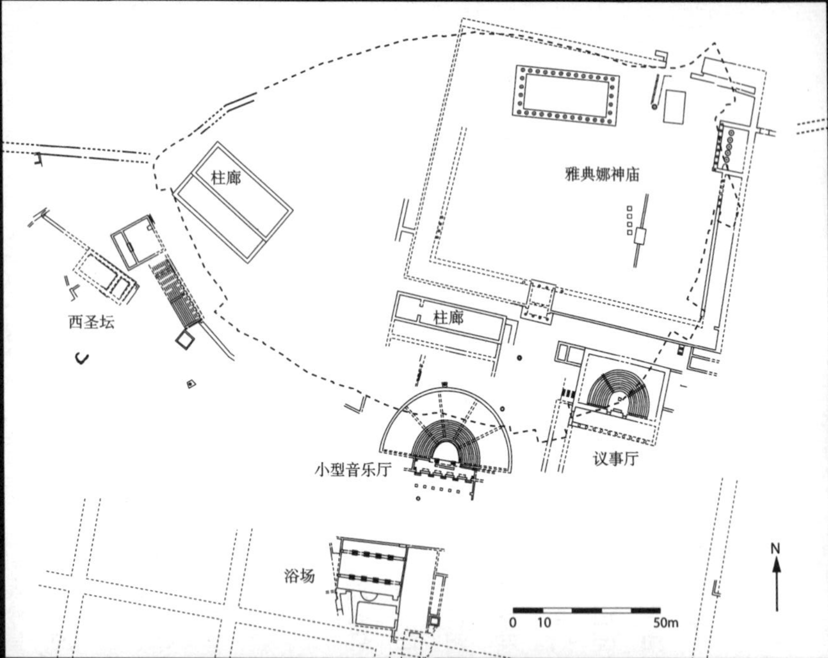

雅典娜神庙

柱廊

议事厅

小型音乐厅

柱廊

西圣坛

浴场

N

0 10 50m

除了新建的能够俯瞰西圣坛的奥古斯都柱廊,另一个柱廊是沿土丘的南侧边缘建造的,与雅典娜神庙的围墙平行,站在柱廊上可以俯瞰市集。实际上,还有另外一个建于克劳狄乌斯统治时期的柱廊,虽然遗迹已无处可寻,但人们找到了刻有"献给克劳狄乌斯"字样的铭文。这个宏伟的柱廊里陈列着皇家雕像。

市集也被改造得极其壮观。特洛伊的第1个罗马式浴场就建在市集西侧,可能坐落于希腊化时代的体育馆遗址之上。浴场里的装饰图案是运动员和战斗的勇士形象,表明特洛伊人开始接受罗马带来的新习俗和社会规范。2世纪初,哈德良对浴场进行了扩建和翻新。哈德良在浴场区域修建了可容纳1700—2100人的小型音乐厅,用以举办会议和小规模音乐演出。音乐厅的装修极尽奢华,使用了昂贵且稀有的彩色大理石,舞台上放置了真人大小的雕塑,包括哈德良皇帝本人的雕像(见图10.2)。在2世纪后期,浴场区域的建筑群新增一座宁芙神庙,由大理石建造而成,里面有水景景观、宁芙女神和其他河神的雕像。

1世纪后期,约在西圣坛重建的同时,特洛伊的大剧院也进行了大规模翻修。舞台和布景被改造得十分宏伟,剧院内有真人大小的精致雕塑,观众座位根据公民所属的行

图 10.2　特洛伊IX音乐厅中的哈德良雕像

政区域进行了划分。

在特洛伊Ⅸ，低城人口越来越密集。商业区和住宅区之间似乎模糊了界限，许多人甚至在家里开展家庭手工业。这一时期的低城平面图呈网格状，以一条南北走向、直通卫城的主要街道为中心。这一区域内出土了西布莉的小雕像和英雄达耳达诺斯的骑士牌匾，这里似乎举办过宗教活动。这些雕像有可能是特洛伊本地制造的——考古学家在低城发现了一个陶瓷器作坊，该作坊曾使用模具大量生产小雕像和香炉。

在罗马统治时期，特洛伊的人口有所增长。到2世纪后期，特洛伊的东侧地带已经建成了第2个罗马式浴场建筑群。到3世纪中叶，低城的建筑越发密集，几乎再无独立空间供新建筑使用，它们挤在老建筑之间。也是在这时，特洛伊的工业活动似乎转移到了住宅区之外，移至大剧院东侧区域。

朱里亚·克劳狄家族在特洛伊

公元前27年，罗马帝国开国君主奥古斯都建立了朱里亚·克劳狄王朝。虽然所有罗马人都被认为是特洛伊人的后裔，但朱里亚·克劳狄的王室成员声称自己的特洛伊血统尤其高贵。他们将家族血统追溯至逃亡到意大利的特洛伊领袖埃涅阿斯，他是普里阿摩斯的堂亲安喀塞斯和阿佛洛狄忒之子。尤利乌斯·恺撒到访特洛伊并非仅为观光，对他来说，此行是回到了祖先的故乡。甚至有传言说，恺撒曾计划将帝国首都从罗马迁回特洛伊。

恺撒的养子奥古斯都也追随他的脚步，于公元前20年到访特洛伊，开启了罗马时代特洛伊大重建工程的第一阶段。[5]土丘南部和西南边缘的两个柱廊很可能是他资助建成的，特洛伊人也授予了他独一无二的公民荣誉。奥古斯都和其他皇室成员的雕像，以及感谢他们资助祭坛和圣坛建设的铭文，散布在城市周围地带。事实上，雅典娜神庙里面就有给奥古斯都的献词。

朱里亚·克劳狄家族的其他成员也曾专门造访特洛伊。奥古斯都的女儿茱莉亚及其丈夫阿格里帕，曾于公元前16年—公元前13年的某个时间前往特洛伊。然而，茱莉亚的旅途开始并不顺利。斯卡曼德发生河水泛滥，她险些被洪流冲走。虽然茱莉亚最后死里逃生，但阿格里帕觉得特洛伊人没有尽全力帮助她，对此感到尤为愤怒。18年，年轻的将军日耳曼尼库斯*抵达特洛伊，他似乎是与妻子大阿格里皮娜**一起来的，因为遗迹中出土了一个大阿格里皮娜

---

*　　奥古斯都的养孙。

**　　茱莉亚和阿格里帕的女儿。

雕像的头部。日耳曼尼库斯的母亲小安东尼娅似乎也来过特洛伊。一处铭文记载了她为当地治安官捐赠的资金，该铭文将她与女神阿佛洛狄忒相提并论，并称她为"安喀塞斯的族人"。

特洛伊与朱里亚·克劳狄王朝统治的罗马

除了提供资助，朱里亚·克劳狄王室还在家乡罗马颂扬自己的特洛伊血统。他们的祖先埃涅阿斯逃离特洛伊、定居意大利的故事，在罗马帝国文化语境中占有重要地位。虽然实际上，罗马的建立者可能是罗慕路斯[*]，但在朱里亚·克劳狄王朝统治下的罗马，埃涅阿斯到达拉丁姆^{**}才是罗马建国神话的重要桥段。特别是在奥古斯都时代的各类肖像和文学作品中，埃涅阿斯的身影在涉及罗马起源的内容里更为常见。[6]

关于特洛伊人是如何成为罗马人的故事，最著名的当属奥古斯都资助的维吉尔（Virgil）所著的史诗《埃涅阿斯纪》（*Aeneid*）。整部作品旨在颂扬罗马以及朱里亚·克劳狄王朝的伟大，尤其在第 6 卷"埃涅阿斯的地下世界之旅"

---

* 许多传说中罗马的奠基人和首任国王。

** 罗马的建城地，后被扩建为罗马首都。

中表现得淋漓尽致。在这一卷里,埃涅阿斯遇见了即将出生的人类的灵魂,包括他的后代,其中不仅有罗马的诸位传奇国王和共和国的列位英雄,还有最关键的朱里亚·克劳狄王室成员。诗中描写尤利乌斯·恺撒和奥古斯都的语句尤为热情洋溢。在看到这些未来的灵魂时,埃涅阿斯听到:

> 这里是恺撒,以及所有将在天堂之下通过的
> 尤路斯*的子孙。
> 而这就是那个人,就是他,
> 你经常听到关于他的预言,
> 奥古斯都·恺撒,朱庇特的后裔

这一时期的历史学家李维在其巨著《罗马史》的第1卷中也论述了相同话题。值得一提的是,李维笔下的罗马史,正是以"特洛伊的陷落"为开端的。

这一主题在当时的视觉艺术中也占有重要地位。尤其是在埃涅阿斯逃离特洛伊时,他背着父亲安喀塞斯、牵着儿子阿斯卡尼俄斯的典型形象,极具代表性。这一形象最

---

* 埃涅阿斯的儿子阿斯卡尼俄斯的别称。

初呈现于公元前 17 年—公元前 5 年的奥古斯都议事广场上的雕像（见图 10.3）。它矗立在最重要的位置，正对着罗慕路斯雕像。从雕像到壁画，罗马世界的各种艺术形式都对埃涅阿斯的形象进行了反复描摹。[7]

在朱里亚·克劳狄王朝统治下的罗马，埃涅阿斯逃离特洛伊、抵达意大利的故事随处可见。这也给特洛伊战争神话赋予了新含义——战争导致的结果比战争本身更为重要。特洛伊的陷落被重构，成为罗马的起源。而这种重构从根本上来说，与朱里亚·克劳狄王朝的政治权力话语息息相关。据说，暴君尼禄在罗马大火*中哼唱了特洛伊的陷落；日耳曼尼库斯访问特洛伊时写了一首短诗，内容彰显了特洛伊在罗马世界中扮演的重要政治角色。

> 阿瑞斯的血脉赫克托耳，
> 位于某处冥土的您如果能听见我的声音，
> 向您问好！您已不必再为故土叹息。
> 伊利昂如今人来人往、声名远扬。
> 这座城市的子民虽不及

---

* 尼禄是朱里亚·克劳狄王朝的最后一位皇帝。64 年，罗马发生大火。火灾的真正起因无人知晓，有人认为是尼禄一手策划的。

图 10.3　奥古斯都议事广场雕像的复原示意图

您那般勇武，但他们仍热爱战争。
密尔米顿人已被消灭。请站在阿喀琉斯身旁
告诉他色萨利全境受埃涅阿斯的子孙支配。

哈德良统治下的特洛伊

68年，末代皇帝尼禄统治下的朱里亚·克劳狄王朝因叛乱而分崩离析。一年后，弗拉维王朝于混乱之中崛起，初代皇帝为老将韦斯巴芗。埃涅阿斯与弗拉维王朝的关系并不如与朱里亚·克劳狄王朝那样紧密，弗拉维王室也没有像后者一般大肆宣扬埃涅阿斯的神话故事。

但从整体上来看，作为罗马母城，特洛伊实力依然雄厚。弗拉维王朝沿袭前朝政策，继续给予特洛伊支持，特洛伊越来越繁荣。大剧院与西圣坛的翻修工程大约从此时启动。特洛伊人越发意识到，与罗马建立联系有潜在的益处。于是，这一时期的特洛伊钱币上刻着逃离特洛伊的埃涅阿斯（见图10.4），而罗马钱币从恺撒大帝时代以来就刻有埃涅阿斯的形象了。

随着哈德良皇帝上台，特洛伊的城市发展开启了新篇章。世纪之交发生的一系列地震导致特洛伊城亟须修复，

图 10.4 钱币反面，刻有牵着儿子、背着父亲的埃涅阿斯

而哈德良皇帝完美地应对了此次挑战。124年，他在访问亚细亚行省期间到访特洛伊，帮助这座城市走上了复兴之路。哈德良资助了音乐厅建设、浴场区域综合体扩建，以及确保城市清洁供水的新渡槽的建造。不过，渡槽建造耗费资金量巨大，皇帝的工程拨款一旦用完，亚细亚行省总督就得自掏腰包支付余下费用。[8] 哈德良还支持了特洛伊北部埃阿斯墓的全面重建工程。第 8 章曾提及，特洛伊附近的古墓被奉为《荷马史诗》中的英雄的栖息之所。埃阿斯墓亟须修复，哈德良直接下令建造了新墓地。[9]

与朱里亚·克劳狄王朝皇帝相比，哈德良对特洛伊的兴趣隐约有所不同。前朝的罗马皇帝们纷纷缅怀特洛伊的古老历史，纪念罗马建立的前奏曲——特洛伊的陷落，而哈德良却不同，他既歌颂希腊人，也歌颂特洛伊人。朱里亚·克劳狄王朝的日耳曼尼库斯给自己的到访赋予"特洛伊／罗马和亚该亚／希腊之间的持续竞争"之意，但哈德良却修复了埃阿斯之墓———一个亚该亚人而非特洛伊英雄的坟墓。朱里亚·克劳狄王朝的皇帝不太可能会有类似行为。哈德良此举或许是因为他拥有更为广阔的视野。他对希腊的热爱广为人知，在统治期间，他还资助了希腊东部的城市建设。[10]

卡拉卡拉统治下的特洛伊

哈德良之后，小亚细亚的许多城市都受到了帝国资助，兴起了建设热潮，呈现出一片欣欣向荣景象。但特洛伊的情况似乎并非如此。在安敦宁*统治时期，特洛伊唯一一座新建筑是浴场建筑群中扩建的宁芙神庙。直到塞维鲁王朝时，特洛伊的财富实力才重新崛起。

214年，卡拉卡拉皇帝访问特洛伊。为纪念此次到访，特洛伊发行了一种特殊的硬币，其上刻有卡拉卡拉的肖像。卡拉卡拉似乎也以恩赐作为回应，他向特洛伊拨款，并开启了音乐厅的重建工程。

卡拉卡拉跟随哈德良的脚步，在特洛伊战争的叙事中侧重于亚该亚而非特洛伊一方。他新建了一座阿喀琉斯雕像，尺寸似乎比真人还要大，并将其放置于尺寸较小的赫克托耳雕像正对面。[11]此外，他尤其关注阿喀琉斯之墓，在墓地周围举行献祭仪式和跑步比赛以示纪念。卡拉卡拉企图将自己塑造为当代的亚历山大大帝。他在东征帕提亚帝国的途中经过了特洛伊，而在5个多世纪之前，亚历山

---

* 哈德良的继承人。

大同样在征战东方波斯帝国的行军途中经过此城。因此，卡拉卡拉欲将自己比作亚历山大的举动也就不足为奇了。

更奇怪的是，卡拉卡拉为他最喜爱的自由民费斯图斯建造了一个新坟丘。费斯图斯在特洛伊去世，卡拉卡拉仿照《荷马史诗》中帕特洛克罗斯的葬礼，为费斯图斯举办了一场奢华葬礼。亚历山大将他自己和赫费斯提翁比作阿喀琉斯和帕特洛克罗斯，卡拉卡拉通过此举，也将自己与费斯图斯比作阿喀琉斯和帕特洛克罗斯。费斯图斯之墓至今仍是特洛阿德地区最高的坟墓，被称为"乌韦西克泰佩"（Üveciktepe）。

特洛伊：被哥特人摧毁之后

262年，特洛伊又一次遭遇洗劫。这次的敌人是哥特人，他们还袭击了小亚细亚的其他城市。[12]据称，当时的特洛伊几乎已成一片废墟，城市还未从阿伽门农的袭击中恢复，刚建起来的少得可怜的建筑又遭哥特人摧毁。此种说法固然有夸大成分，不过，当哥特人到达特洛伊时，或许确实发现城市已被部分摧毁。这一时期发生了多次地震，似乎也对这座城市产生了重大影响。因此，虽然有大量考古证据表明特洛伊此时确实遭到了严重破坏，但我们无法确定哪些是哥特人造成的，哪些又是自然灾害造成的。

不管罪魁祸首是谁，特洛伊再也没能恢复过来，它在此后的几个世纪里逐渐走向衰败。即使后来君士坦丁和尤利安都曾亲自访问特洛伊，也无法扭转局面。在4世纪早期，君士坦丁曾考虑在特洛伊建造宫殿并定都。据说，在他放弃特洛伊、搬到拜占庭之前，已经在城里修建了部分城墙。在几十年后的354年，尤利安在称帝之前到访特洛伊。几年后，他在一封信中提及此事，写到了特洛伊主教带他参观城市的名胜古迹，包括阿喀琉斯和赫克托耳雕像、雅典娜神庙与阿喀琉斯之墓。

这一时期，特洛阿德地区的主要港口城市特罗亚崛起，这也是特洛伊衰落的部分原因。河流沉积作用使海岸线向北后退了几公里。因此，特洛伊实际上已不再是附近区域的主要商业中心。随着基督教的传入，特洛伊也失去了宗教中心的地位，雅典娜神庙不再是特洛阿德联盟的聚集地。此外，达达尼尔海峡的贸易往来活动也不再将特洛阿德地区作为最重要的据点。330年，君士坦丁在拜占庭建立"新罗马"，贸易活动自然也就更多地集中在那里了。

因此，当500年前后的两次大地震接连发生后，特洛伊似乎再无重建的理由。自此，特洛伊人口大幅减少，居民再一次主要聚集于卫城的土丘之上。到7世纪初,特洛伊已被完全遗弃。不过,9—11世纪时,有少数人口在城里居住过。此后,特洛伊似乎完全变成了瞭望台和中转站,在拜占庭人和塞尔柱人之间的小规模冲突中被用作战略要地。

几个世纪以来,特洛伊在人们的记忆之中逐渐变成了神话之城。昔日繁华的大都市,如今只是一个安静的农耕村落。本书第2部分伊始引用的拜伦诗句,也许能最为充分地表达出这座城市的衰落:

但伊利昂的城墙何在?我只能
看到羊群在吃草,乌龟在爬行。

罗马时代的特洛伊遗迹

今天,在卫城的南侧土丘能够见到大部分特洛伊IX遗迹。在西圣坛,可以看到1世纪后期的新建建筑,包括露天祭坛和看台地基。我们能明显看出,罗马时代的祭坛比希腊化时代的祭坛更高。在市集遗址中心可以看到音乐厅,保存状况良好。在音乐厅南侧,能看到浴场建筑群,虽然保存状况略差。

Part 3
Icon

- 第 3 部分 -
符号

> 赫卡柏对他有什么相干，他对赫卡柏又有什么相干，他却要为她流泪？
>
> 莎士比亚，《哈姆雷特》

这是莎士比亚笔下最深刻的独白之一。在思考命运多舛的特洛伊王后赫卡柏的人物形象时，哈姆雷特想知道，他那个时代的演员为何还能被特洛伊的故事所打动。于是他邀请观众一起思考，特洛伊神话究竟如何在历史长河中持续引发共鸣。

本书最后一部分，我们将探索作为符号的特洛伊。7世纪，特洛伊化为废墟。从这时起，特洛伊不再是一座城市，而变成了一个概念。古往今来，特洛伊是构建身份认同的工具，是"爱"的象征，是战争的范本，更是反映人类现状的明镜。在接下来的4个章节中，我们将依次思考这几个话题。

不过，这部分内容并非包罗万象。如果列出特洛伊蕴含的所有历史含义，本书将会变成大部头巨著。我只聚焦于那些在历史解读中反复出现的、我认为重要的话题，以及在城市被废弃后特洛伊神话的重要用途。当然还有其他重要话题，但由于篇幅有限，无法面面俱到。即使在本书内容范围内，我也仅讨论一小部分典型案例研究，因为我想要展示细节，而非罗列出所有相关内容。

我所讨论的大多数案例发生在西欧和南欧（包括《伊利亚特》故事的发生地——希腊和土耳其），但还有一些较为遥远的案例，包括斯堪的纳维亚半岛、美洲和中国。这一方面能反映出人们即使天各一方，但对于作为符号的特洛伊都抱有浓厚兴趣；另一方面，在阿拉伯世界中此种案例比较稀少。中世纪的阿拉伯学术界虽然常探讨古希腊自然科学和哲学著作，但对《荷马史诗》和特洛伊的故事却缺乏关注。

第 11 章将探讨被视作"起源"的特洛伊，研究不同群体如何、为何声称自己拥有特洛伊血统，以及特洛伊血统对于构建国家认同的意义。在这里我们主要关注 7—14 世纪，即中世纪时期的欧洲，也会参考一些后世的相关资料。

第 12 章的主题是"爱"。从爱情到欲望，从性冲动到基督徒的虔诚，我们将探讨特洛伊如何被用来反思不同类型的"爱"。本章将按时间顺序，从 12 世纪至 16 世纪，探讨从中世纪到文艺复兴时期以至更靠近现代的案例。

第 13 章将探讨作为"冲突"背景的特洛伊。从传统武力战争到文化战争，从体育比赛到口头辩论，特洛伊一直充当着不同形式的冲突的代名词。本章主要关注早期近代世界——17—20世纪中叶，但同时也讨论了其他时期的案例。

第14章是本书尾声，重点关注"悲剧"和"希望"，它们也是20世纪和21世纪探讨特洛伊时最常见的主题。

让我们跟随哈姆雷特的脚步一起深思，赫卡柏与我们究竟有何种联系？为什么她的经历和痛苦能回响至今？

第 11 章
所有道路的起点，都在特洛伊

特洛伊神话描绘了一座城市的沦陷、一个王国的覆灭。然而，它不仅是结局，更是开端。在中世纪时期，它被诸多王朝、国家和民族当作起源之地。从特洛伊神话中寻找祖先成为风靡了几个世纪的潮流。

如前文所述，特洛伊战争是古代世界的"起源之起源"。在第 8 章，我们曾提到《返乡》。在不断扩张的希腊世界中，这个讲述亚该亚英雄从特洛伊返回故土的故事被当成诸多新兴希腊社区的起源神话。在第 9 章，我们讨论了特洛伊战争是历史的时间原点。在第 10 章，特洛伊战争又成为罗马的起源——埃涅阿斯和特洛伊难民逃至意大利建立罗马，成了罗马人的祖先。特洛伊战争仿佛是古典世界的"创世大爆炸"（Big Bang），使得亚该亚人和特洛伊人分散至整个地中海地区，创造了"希腊-罗马"世界。

虽然希腊人和罗马人自诩为战争敌对方的子民，但特洛伊战争这一共同文化遗产却将他们联结在了一起。第2章曾提到，《伊利亚特》中的亚该亚人和特洛伊人之间并没有实质性文化差异。此外，后世关于特洛伊战争的叙述也大多关注了他们共有的痛苦、命运和艰辛。通过特洛伊战争的故事，罗马的皇权和被殖民的希腊产生了独特而紧密的历史联系，这是罗马的其他属国所不具备的。这个神话故事同时也是联结希腊-罗马世界，使其区分于古代近东地区和欧洲大陆地区其他文化群体的元素之一。

在古典时期之后的中世纪欧洲，特洛伊是"起源之起源"的观念再一次得到广泛传播，但并非是通过《荷马史诗》，而是通过一些二次加工文本，通常是对特洛伊神话的总结和复述。[1]中世纪时，这些衍生的故事流传得越发广泛，也越来越多地被用于政治方面。12世纪末，英国编年史家亨廷顿的亨利（Henry of Huntingdon）写道，欧洲大多数民族都声称自己是特洛伊人的后裔。我们今天看来异想天开、荒诞不经的观念，却是中世纪欧洲政治格局的重要基础思想。

早期"起源"的主张

从7世纪到12世纪初，欧洲的贵族、王室和编年史家对特洛伊血统提出了几种不同说法。要指出的是，这些说法出现在历史著作和文学作品之中，并不意味着它们得到了民众的广泛认可。其他不同的起源说也在民间流传，但特洛伊的故事似乎尤其受欢迎。

7世纪50年代，勃艮第编年史家弗莱德加（Fredegar）或许是这一时期最早"认领"特洛伊血统的人。根据弗莱德加的说法，与他同时代的法兰克人是特洛伊难民的后裔。一部分特洛伊难民成为亚历山大大帝统治下的马其顿人，另一部分特洛伊人早期被称为弗里吉亚人，在进入欧洲之前，他们一直在亚洲游荡。这些弗里吉亚人推选出了一个名为法兰西奥（Francio）的国王，他带领民众定居于莱茵河、多瑙河和大海之间的土地上。弗莱德加称，"法兰克人"（Frank）的名称正是衍生自法兰西奥之名。[2]

10世纪德国编年史家科维的维杜金德（Widukind of Corvey）的作品中也有类似故事。与弗莱德加的说法相同，维杜金德称，被希腊人驱逐的特洛伊人是亚历山大大帝及马其顿士兵的祖先。他认为撒克逊人是马其顿士兵的后裔，拥有最崇高、最古老的血统。

另一位德国历史学家，米歇尔斯贝格的弗鲁托夫（Frutolf of Michelsberg）则为日耳曼的另一支民族——条顿人——认领了特洛伊血统。12世纪初,奥拉的埃克哈特(Ekkehard of Aura)拓展了弗鲁托夫笔下的历史。人们通常以"弗鲁托夫-埃克哈特"来称呼更新后的编年史。埃克哈特写道,特洛伊人首先到达了潘诺尼亚(今奥地利和匈牙利地区)。潘诺尼亚的罗马领主赐予他们"法兰克人"(Franci)之名。特洛伊人杀死了罗马军官,因害怕遭到报复而逃至德国地区。不久后,由于还是担心罗马人的追杀,一部分人又离开德国,逃到高卢(今法国)。弗鲁托夫认为,这群人根本不是真正的法兰克人,而是"小法兰克人"(他称为"Francigenae"),真正的法兰克人留在了德国,成为条顿贵族。

9世纪,内尼厄斯(Nennius)的笔下出现了一支新的特洛伊血统后裔。内尼厄斯称,英国人是埃涅阿斯的孙子布鲁图斯的后代,从理论上来说,他们是罗马人。关于布鲁图斯究竟是如何定居英国的,他提供了两种互相矛盾的解释。一种说法是,布鲁图斯是一位征服了西班牙和不列颠的罗马将军;而在另一种说法中,布鲁图斯因意外弑父而被流放出意大利,他途经法国抵达了不列颠,建立了图尔这座城市。大约在9世纪的同一时间,法国北部的布列塔尼人也宣称自己的祖先是布鲁图斯。[3]

威尔士牧师蒙默思的杰弗里在12世纪初创作的《不列颠诸王纪》中详细阐述了内尼厄斯的故事。他认可内尼厄斯的第2种说法，称布鲁图斯是埃涅阿斯的曾孙，因意外杀害父母而被驱逐出意大利。但杰弗里没有让他途径法国直接抵达英国，而是让他先去了希腊。在希腊，布鲁图斯被散落的特洛伊人推为领袖，希望他能带领他们摆脱希腊人，建设新家园。布鲁图斯击败了希腊人的国王，和英勇的特洛伊人穿越地中海，最终在法国南部登陆。从法国到英国，他们一路奋战，在途中建立了图尔。在这里，他们得到了神谕——他们将在泰晤士河畔建起"新特洛伊"（Troia Nova），而"新特洛伊"最终演变成伦敦。

诺曼人则选择了更为"迂回"的特洛伊血统。[4]在10世纪，圣康坦的杜多（Dudo of Saint-Quentin）写道，诺曼人是维京人的后代，而维京人是特洛伊英雄安忒诺耳的后裔。一个世纪后，瑞米耶日的威廉（Guillaume de Jumièges）保留了诺曼人是特洛伊后代的观点，但采用了一种不同的方式进行论证。威廉称，诺曼人是哥特人的后代，他引用6世纪约达尼斯的《哥特史》，论证了哥特人拥有特洛伊国王普里阿摩斯家族的血统。重点是，这些诺曼人的编年史家声称的特洛伊血统，与他们的邻居法兰克人和不列颠人声称的血统完全不同。

除了这些民族，一些贵族也称自己是特洛伊后裔。[5] 5—8世纪法兰克王国的墨洛温王室称自己的祖先墨洛维是法兰西奥的继承人。7—9世纪统治现今的法国、德国大部分区域及意大利北部领土的加洛林王室也持有类似观点。在中世纪早期，特洛伊血统备受推崇。当然，这也是因为罗马与特洛伊之间的紧密联系——在当时，特洛伊的后裔相当于罗马的继承者。至12世纪下半叶，血统的争夺更为激烈，一系列互相矛盾和重合的主张接连登场。

特洛伊血统中的政治博弈

12世纪后期，人们对特洛伊血统及其在政治方面的战略用途兴趣倍增。金雀花王朝迅速发现了特洛伊血统的政治意义。该王朝的奠基者英格兰的亨利二世在英吉利海峡两岸皆受到了族谱的庇佑。他凭借母亲的血统继承了英格兰王位，又以父亲的血统继承了法国的领地，其中包括诺曼底公国的领土。因此，亨利能够很自然地宣称不列颠人和诺曼人拥有共同的祖先，如今在共同的统治者之下，正好可以实现重新统一。金雀花王朝在统治的最初几十年中修订了诸多家谱，其中特别说明了特洛伊的两支血统重新融合在当今的王室血脉之中。这些政治意味相当浓重的族谱资料包括里沃的埃尔雷德（Ailred of Rievaulx）的《英格兰国王宗谱》，以及巴金修女（Nun of Barking）翻译的《爱德华的一生》中对于皇室血统的描述。[6]

在金雀花王朝的资助下，还出现了几部用地方语言写成的通俗史书和诗歌，其中的内容自然也将两族人民的血统追溯至特洛伊。包括1155年，诺曼诗人韦斯（Wace）翻译完成的法语版《布鲁特传奇》，原版作者为蒙默思的杰弗里。12世纪70年代早期，韦斯创作的《罗洛传奇》，叙述了诺曼底公爵的历史。12世纪70年代中期，伯努瓦·德·圣莫尔（Benoît de Sainte-Maure）所著的《诺曼底公爵编年史》，以及12世纪90年代，莱阿门（Layamon）所著的《布鲁特》。但更多的"民族史"是用代表着学识和高雅文化的拉丁语写成的。其中包括前文提到的亨廷顿的亨利所著的《英国人的历史》，以及贝弗利的阿尔弗雷德（Alfred of Beverley）所著的《年鉴》。事实上，金雀花王朝对历史产生的浓厚政治兴趣，导致了12世纪英国和法国北部历史类文学的复兴。[7]那个时代的特点是向特洛伊血统看齐，以至于在英国，编年史直接以"布鲁图"（brut）代称，指的正是几乎所有编年史的起点——布鲁图斯（Brutus）。

金雀花王朝并不是唯一一支在特洛伊血统中寻求政治利益的贵族。在 12 世纪末、13 世纪初，欧洲大陆的两个王朝——法国的卡佩王朝和德国的霍亨斯陶芬王朝创作了自己的特洛伊族谱。这两个家族的作品大都是在同一时期内编写和修订的，虽然我们不清楚他们是不是故意针对彼此，但在他们关于特洛伊血统的主张之中不乏正面冲突。

霍亨斯陶芬家族统治德国大部分地区，曾使用"神圣罗马帝国皇帝"的称号。在 12 世纪 80 年代，霍亨斯陶芬王朝有崛起之势，编年史家维泰博的戈弗雷（Godfrey of Viterbo）为他们构建了一个复杂而地位崇高的族谱（见图 11.1）。[8]戈弗雷称，特洛伊难民分成了两群人：一群由埃涅阿斯领导，在意大利中部地区进行殖民并建立了罗马；另一群由安忒诺耳领导，最初定居于意大利北部的帕多瓦，后来北上至德国，成为条顿贵族的祖先。这群人中的一小部分往西走，成为法兰克人的祖先。戈弗雷还称，神圣罗马帝国的第一位皇帝查理曼应该是霍亨斯陶芬家族的直系先祖，而查理曼父母的家族中都有特洛伊血统。

这份家谱将法国人边缘化，使之成为德国人的一个分支。在著作中，戈弗雷大量借鉴了此前弗鲁托夫 - 埃克哈特的编年史，但添加了细节描述，重点突出"小法兰克人"

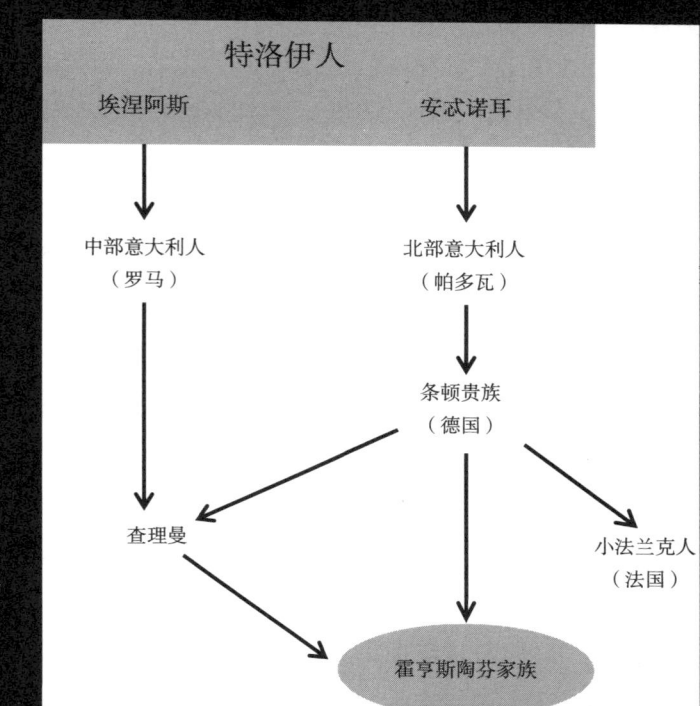

```
┌─────────────────────────────────────────────┐
│              特洛伊人                        │
│                                              │
│    埃涅阿斯            安忒诺耳              │
└──────┬──────────────────┬───────────────────┘
       │                  │
       ▼                  ▼
  中部意大利人        北部意大利人
    （罗马）           （帕多瓦）
                          │
                          ▼
                      条顿贵族
                      （德国）
       ┌──────────────────┼──────────────┐
       ▼                  ▼              ▼
     查理曼          霍亨斯陶芬家族    小法兰克人
       │                  ▲              （法国）
       └──────────────────┘
```

图 11.1　维泰博的戈弗雷构建的特洛伊后裔族谱

从德国逃至法国的怯懦表现。由于查理曼通常被认为是拥有法兰克血统的帝王,戈弗雷还竭力为他"正名"。戈弗雷小心翼翼地避免让查理曼沾上法兰克人的"污点",称查理曼的母亲是罗马人,父亲是条顿人,他是两股特洛伊血统的后代。这种叙述有效地将查理曼和加洛林王朝归入神圣罗马帝国皇帝的行列之中。由于霍亨斯陶芬家族自认为是加洛林王朝的后代,因此叙述的重点自然也就放在了查理曼身上。

法国宫廷编年史家里戈德(Rigord)与戈弗雷活跃在同一时期,受到法国皇帝腓力二世·奥古斯都的资助。12世纪,得益于各王朝之间的联姻及领土扩张,诸多法兰克贵族的领土联合在一起。由此,1190年,腓力宣称自己为法兰西国王,建立了卡佩王朝。新兴的王朝急需一个将国家统一起来的神话,而继承自特洛伊的法兰克血统的故事正好派上了用场。里戈德在其著作《腓力·奥古斯都纪事》中描述的特洛伊后裔族谱明显偏向法国人(见图11.2)。在书中,他充分且自由地使用早期历史和编年史作品,以全新方式融会贯通,为许多欧洲国家提供了根植于神话的起源故事。

里戈德写道,在特洛伊陷落后,几个特洛伊族裔得以

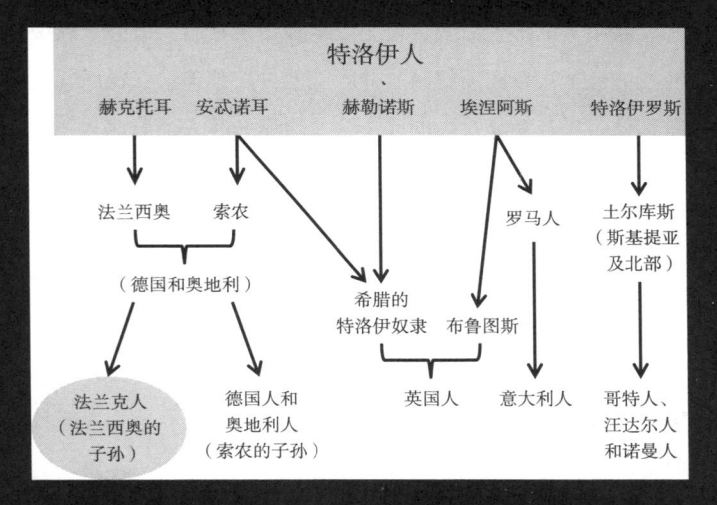

```
                            特洛伊人
   赫克托耳   安忒诺耳   赫勒诺斯   埃涅阿斯   特洛伊罗斯
      ↓         ↓          ↓         ↓  ↓         ↓
   法兰西奥    索农                   罗马人      土尔库斯
                                                 (斯基提亚
      (德国和奥地利)                               及北部)
                         希腊的
                        特洛伊奴隶  布鲁图斯
      ↓            ↓        ↓         ↓            ↓
   法兰克人     德国人和    英国人    意大利人     哥特人、
  (法兰西奥的   奥地利人                           汪达尔人
    子孙)    (索农的子孙)                         和诺曼人
```

图 11.2 里戈德构建的特洛伊后裔族谱

幸存，他们主要是5位特洛伊英雄——赫克托耳、安忒诺耳、赫勒诺斯、埃涅阿斯和特洛伊罗斯的后裔。据说，特洛伊罗斯的族人曾在东部和北部游荡，最终演变为哥特人、汪达尔人和诺曼人；埃涅阿斯的后代定居于意大利；赫勒诺斯和安忒诺耳的部分后人曾作为奴隶被带至希腊，最终被埃涅阿斯的孙子布鲁图斯解救，并跟随他去往英国；安忒诺耳还有部分后人与赫克托耳的儿子法兰西奥一起去了奥地利和德国，在当地停留一段时间后，法兰西奥的后人继续向西抵达法国，安忒诺耳的后人则留在了奥地利和德国。

以维泰博的戈弗雷为代表的编年史家笔下的特洛伊族谱以日耳曼人为中心，而里戈德所作的特洛伊族谱可以看作是对他们的直接回击。里戈德笔下的法兰克人，几乎拥有特洛伊最高贵的血统。作为赫克托耳之子，法兰西奥是最为著名的特洛伊后裔。而土尔库斯的后代就没那么高贵，因为其父特洛伊罗斯的地位较低。此外，传闻中埃涅阿斯、赫勒诺斯和安忒诺耳曾经将特洛伊出卖给希腊人，所以他们的后代也没能占据显赫地位，毕竟他们的血统中带有背叛的污点。在中世纪的欧洲民族中，作为无可指摘的赫克托耳之子法兰西奥的后裔，法国人成为这场族谱较量的"赢家"。

12世纪末、13世纪初，西欧宫廷历史学家和王室提出的互相冲突的主张，可以被视为政治策略的一部分。在国际舞台上，争夺特洛伊血统是维护地位的手段，为当权王室和国民加持特洛伊血统，能象征性地"战胜"邻居和对手。在像金雀花王朝统治下的多民族国家中，特洛伊血统的神话故事可以将不同群体的民众团结在一起。这一时期，特洛伊血统被利用、创造甚至歪曲。到了13世纪初，几乎所有的历史起点都被安排在了特洛伊。冰岛学者斯诺里·斯蒂德吕松曾称自己对特洛伊血统没有政治兴趣，但在其13世纪20年代所著的《散文埃达》中，北欧诸神的家谱也始于特洛伊的普里阿摩斯。

特洛伊血统与十字军东征

13世纪初迎来了又一个历史转折点。12世纪，西欧军队欲夺取对"圣地"的控制权，于是进行了第1次、第2次和第3次十字军东征。在此期间，一些十字军战士利用特洛伊血统对占领亚洲土地的目的进行合法化——他们称自己不是来自外邦的侵略者，而是梦想重返故土的特洛伊人后裔。然而，此番主张真正得到承认，是在1202年的第4次十字军东征期间。

十字军从威尼斯出发，围攻君士坦丁堡，并于1204年将其摧毁。他们占领各大教堂，用武力威慑东正教教徒，暴力罪行震惊了当时的学者。十字军为其洗劫行径冠以多重理由：君士坦丁堡的东正教暴徒曾屠杀罗马天主教教徒，并且威尼斯人希望收回他们给十字军的资助。西欧的拉丁基督教会和拜占庭的希腊正教会之间长久以来都无法互相信任。如今，这种不信任通过历史投射到了特洛伊战争中。拜占庭人扮演了希腊人后裔的角色，背叛了西方拉丁世界*的特洛伊祖先。[9]

各路人士似乎也以这种角度看待君士坦丁堡发生的暴力行径，典型代表是罗伯特·德·克拉里（Robert de Clari），他是一名参加过第4次十字军东征的法国骑士。据德·克拉里记述，尽管在战争中处于对立阵营，但一名法国贵族还是受到了保加利亚国王的亲切招待。对于保加利亚国王对战争的困惑，法国贵族回应道："特洛伊人是我们的祖先，他们出逃后，来到我们如今所居住的国家定居，特洛伊是我们的故土，所以我们要来收复它。"[10]派瑞斯的冈瑟（Gunther von Pairis）是一名德国修道士，对于十字军从君士

---

* Latin West，常用西方拉丁世界与东方希腊世界（Greek East）区分希腊-罗马世界的两个部分：以拉丁语为通用语言的西部地区，以及以希腊语为通用语言的东部地区。

坦丁堡掠夺的宝物，他写道："旧银器上，沾染着特洛伊人的血，那些占领特洛伊的人，财大气粗、极尽奢华，却也曾向战胜他们的阿尔戈斯人投降。"[11]

与他们相反，拜占庭编年史家尼基塔斯·霍尼亚提斯（Niceatas Choniates）从"亲希腊"视角叙述特洛伊神话："这些蛮族人……是埃涅阿斯的后裔，是否因为对你（即君士坦丁堡）抱有恶意，才试图将你付之一炬，正如你曾在伊利昂点燃的壮丽火焰一般？"[12]利用特洛伊血统正当化侵略拜占庭希腊人的行为，对于英国人、法国人，以及十字军中的德国盟友，甚至是对手保加利亚正教会教徒和拜占庭人来说，都十分熟悉且常见。

这种"血统政治"深刻影响了特洛伊神话的叙述模式和解读方式，甚至在远离政治舞台的语境下也是如此。例如在中世纪，西方拉丁世界的手稿中的特洛伊战争插图，与东方希腊世界的大相径庭。在声称拥有特洛伊血统的西欧和北欧地区，插图的重点是特洛伊人。这些插图通常以同情的笔触，描绘特洛伊人在城市被洗劫时遭受的苦难，充斥着悲痛。与此相对，在与希腊联系密切的东欧，手稿插图存在明显区别。它们更多描绘了绑架海伦的场景，且尽量避免展现特洛伊人在大屠杀之中遭受的苦难。[13]中世纪时期，特洛伊的故事对塑造民族身份起到了重要作用，而民族身份也对特洛伊神话的叙述模式和解读方式产生了重要影响。

源自特洛伊的土耳其人

本章至此还未提及一个常被称为特洛伊子孙的民族——土耳其人。到 11 世纪末，统治大多数安纳托利亚中部和东部地区的是一个土耳其国家——罗姆苏丹国。土耳其人口逐渐占据了安纳托利亚地区。苏丹国势力式微后，出现了一些小王国，它们被称为"贝伊国"*。1297 年，卡拉斯（karasid）贝伊国建立，由此，特洛阿德全域被土耳其人所统治。14 世纪初，卡拉斯意欲迅速扩张，但最终被并入奥斯曼帝国。[14]

土耳其人是特洛伊人后裔的观念，深深根植于前文探讨过的中世纪族谱之中。不过直至文艺复兴时期，这种观念才产生了广泛影响。[15] 在 7 世纪弗莱德加的叙述中，土耳其人（弗莱德加称为"Torci"或"Turqui"）是法兰克人的一个分支，在法兰克人定居德国和奥地利地区时分裂

---

* Beyliks，贝伊（bey）在突厥语有"首领"或"酋长"之意。

出来，并向东行进，最终在斯基提亚和黑海地区落脚。在12世纪，正值人们对特洛伊血统的兴趣日益浓厚之时，圣维克托的休格（Hugh of St Victor）所著的《编年史》再次提及了这一故事。休格称一个法兰西奥的后代为"土尔库斯"（Turcus），并称土尔库斯以自己的名字命名了跟随他的民众。前文曾提及，里戈德称土尔库斯是特洛伊小王子特洛伊罗斯之子，并将土尔库斯的后人放在了遥远的北方。里戈德版土耳其-特洛伊族谱在接下来的几个世纪中广为流传，被著有《法兰西大编年史》的圣德尼修道士们及其他历史学家所复述。

因此，在探索土耳其人的起源时，编年史家和历史学家们认为，斯基提亚的土耳其人已经回到了安纳托利亚地区。此观点由教士提尔的威廉（William of Tyre）于12世纪首次提出。威廉批评远在北方蛮荒之地的土耳其人摒弃文明、陷入野蛮的生活状态。这一观点在14、15世纪被人多次复述，包括威尼斯总督安德烈亚·丹多洛，以及佛罗伦萨大主教安敦宁。

大约在同一时期，西欧地区普遍使用拉丁单词"Teucri"来称呼土耳其人。当时的政治报告和外交信函都使用拉丁文，称土耳其人为"Teucri"和"Turci"。[16] 这种称呼持续了几个世纪。1453年,在奥斯曼帝国征服君士坦丁堡之后,"土耳其-特洛伊"的关联被更多作家所看重。此时,土耳其人摧毁君士坦丁堡被视为对希腊人摧毁特洛伊的报复。在持有此观点的人中,既有像威尼斯的科孚岛总督里米尼的菲利波那样哀叹城市被毁为一旦的,也有像写下史诗《埃米雷斯》的"亲土耳其"学者乔瓦尼·马里奥·菲尔弗那样,完全以积极态度看待土耳其接管这座城市的。[17]

对于土耳其人来说,宣扬自己的特洛伊血统是融入西方世界观、加入欧洲大家庭的策略。中世纪时,欧洲人试图接受奥斯曼帝国日益增长的国力,并将其从观念上融入"世界秩序"。而这种策略对于欧洲人来说十分奏效——既然众多欧洲国家都声称自己拥有特洛伊血统,土耳其自然也能被"置于"特洛伊家谱之中。

不过,这种"政治正确"只在特定时间节点有效,其他时候不一定适用。我们发现,在几个历史关键节点上,"土耳其人拥有特洛伊血统"的观念经历了反复讨论。尤其是在15世纪中叶,奥斯曼帝国开始确立欧洲强国地位,对西欧地区构成了迫在眉睫的威胁,此时这一观念遭到了许多人的高调反对,他们还试图拉开土耳其人与特洛伊神话的距离。[18]但是,土耳其人是什么态度呢?他们是否曾声称自己拥有特洛伊血统?

土耳其化的特洛伊人

中世纪晚期,当一些欧洲人试图让土耳其人变成特洛伊人时,有证据表明,一些土耳其人却在做完全相反的事情——让特洛伊人成为土耳其人。措辞上的差异导致了视角的巨变:不再利用血统和宗谱,而是依靠土地与文化"遗产"来建立联系。

第1个较为可信的证据可以追溯至15世纪中叶。它是一封莫比杜斯苏丹(the Sultan 'Morbisanus')写给教皇的信,在欧洲广为流传。[19] 信中,这位苏丹表达了对教皇和意大利人的感情,声称他与教皇在特洛伊家族中是堂兄弟关系。他还打算光复特洛伊,要制服希腊人为特洛伊报仇。这封信的真实性存疑。一些学者认为它完全是虚构的,而还有一些学者认为,它是由一名意大利官员代表当时的奥斯曼帝国苏丹穆罕默德二世撰写的。

奥斯曼人显然知晓特洛伊神话。从17世纪开始,在艾哈迈德·德德和卡蒂普·切莱比等历史学家撰写的编年史里,《荷马史诗》及特洛伊沦陷的故事出现的频率明显增高。[20] 但是这种认知的开端更早之前就已出现了,至少可以追溯至15世纪穆罕默德二世——即疑似"莫比杜斯之信"背后的人——的统治时期。穆罕默德二世以收集古希腊文学作品闻名,他的私人图书馆里还收藏了《伊利亚特》的泥金装饰手抄本。此外,据说穆罕默德还参观过特洛伊的废墟。

据穆罕默德二世统治时期的希腊编年史家米高·克利托布洛(Michael Critoboulos)称,在平定君士坦丁堡周围地区之时,穆罕默德曾到访特洛伊遗址。穆罕默德见到废墟后大为震撼,据传,他称自己为神明指定的特洛伊复仇者,要惩罚希腊人对这座城市和"我们亚洲人"的所作所为。尽管这一逸事与穆罕默德本人的形象吻合,但是它是克利托布洛杜撰的。事实上,既没有奥斯曼帝国的正式资料能证明此事,而且多年以来,也没有发现土耳其人自称特洛伊人的确切证据。

20世纪初,在奥斯曼帝国崩溃、现代土耳其国家形成之后,这种观念重新出现。1919—1922年希土战争的最后一场战役"杜姆卢珀纳尔战役",在希腊被称为"大惨败",在土耳其则被称为"独立之战"。穆斯塔法·凯末尔·阿塔图尔克是在土耳其现代化进程中发挥关键作用的领导人,据称,在杜姆卢珀纳尔战役取得决定性胜利后,他曾说:"我们终于为赫克托耳报仇了。"[21]

后来，阿塔图尔克推动了宣扬"土耳其史观"的历史运动。此运动有两个中心原则。其一，它声称历史上土耳其人曾分多次从中亚迁徙至安纳托利亚地区，因此从史前时期开始，安纳托利亚就是土耳其人的领地。其二，它声称文明的摇篮在安纳托利亚，而非美索不达米亚。在此语境下，考古学成为构建新的土耳其民族身份认同的关键，而安纳托利亚的历史成为构成土耳其民族历史的核心。结果是，特洛伊人被重新塑造成为先进文明缔造者土耳其人的前身——"原始土耳其人"（proto-Turks），曾惨遭希腊人的野蛮袭击。[22] 荷马也被纳入了土耳其史观。作为安纳托利亚居民，荷马应该来自伊兹密尔或科洛封，他大概率是安纳托利亚人而非希腊人，因此，他也成了"原始土耳其人"。

20世纪40、50年代，土耳其史观逐渐被摒弃，但现代土耳其国家与安纳托利亚古代历史的联系依旧紧密。一种名为"特洛伊皮尔森"的啤酒被大规模生产和销售。一家大型城际巴士公司的名字也来源于土耳其语的"特洛伊"，并使用木马作为商标。2016年4月，土耳其在全国推行的全新电子支付系统也叫"特洛伊"。与特洛伊相关的神话及主题依旧是土耳其叙事的重要组成部分。

在土耳其，特洛伊人的地位仍然特殊，且引发了不少争议。2004年好莱坞电影《特洛伊》上映后，土耳其媒体就现代土耳其人和古代特洛伊人之间的关系组织了对谈，报纸专栏和电视辩论对此问题进行了热烈讨论。[23]土耳其的两座现代城市乔鲁姆和恰纳卡莱针对阿喀琉斯之墓的归属权问题展开了激烈争论。很明显，无论特洛伊人和土耳其人之间是否存在血缘关系，现代土耳其民众都对特洛伊的故事抱有亲切感。传承与遗产的载体并非族谱或血缘，而是安纳托利亚这片土地。特洛伊人不一定是土耳其人的祖先，但土耳其人一定是特洛伊遗产的传承者。

第 12 章
你所需要的，只有爱

"爱"是特洛伊神话的核心主题之一，特洛伊战争的故事有时会被人们称为"有史以来最伟大的爱情故事"。[1] 事实上，在抽象层面上看，"帕里斯的评判"具有如此隐喻：爱（阿佛洛狄忒的化身）能够战胜智慧（雅典娜的化身）和权力（赫拉的化身）等欲望。因此，特洛伊经常被用作爱情故事的背景也就不足为奇了。

"爱"包含多种含义，特洛伊的故事能体现不同的爱。有帕里斯对海伦炽热的爱情，有赫克托耳对亲人和家族的保护欲，有阿喀琉斯对帕特洛克罗斯不惜自我毁灭的奉献，有阿伽门农对权力的渴望。在特洛伊神话中，"爱"推动了许多关键情节的发展。

但我们今天常说的浪漫的理想爱情，不管是在《伊利亚特》，还是在希腊早期的特洛伊神话叙述中都没有体现。我们所认为的包含性欲、情感和精神的含义丰富的爱情,并非特洛伊神话原本要探讨的主题。浪漫的爱情并非出自荷马,而是来自中世纪早期,尤其是 12、13 世纪的骑士文学。

浪漫史里的爱情

如第 11 章所述,中世纪时期,尤其从 12 世纪开始,特洛伊的故事在民间广为流传。一部分原因是特洛伊的政治功能,以及在国家和民族认同建设中的作用。另一部分原因则是人们对浪漫文学(romance literature)的兴趣倍增,而在这些浪漫文学之中,大部分爱情故事和骑士故事都以特洛伊神话为背景。

在早期英雄史诗(或称"武功歌")的基础上,1160 年,法国历史学家、诗人伯努瓦·德·圣莫尔所著的《特洛伊浪漫史》(*Roman de Troie*)将特洛伊真正确立为中世纪浪漫文学的基石。特别地,它并不像当时的大多数文学作品那样用学术语言拉丁语写成,而是用了法语白话文。在中世纪的欧洲,《特洛伊浪漫史》风靡一时,很快就被翻译成拉丁语、德语、荷兰语、意大利语、西班牙语和现代希腊语版本。事实上,这首诗歌甚至催生了一个全新的文学流派。该流派重点关注古代世界,尤其关注所谓的"特洛伊问题"

（即与特洛伊神话相关的主题）。正如一位现代作家所说的，这一时期的特洛伊主题畅销书在欧洲广为流传，并且形成了强有力的意识形态。[2]

这些特洛伊主题畅销书大多都围绕着宫廷爱情和骑士精神展开。拥有双翼的神祇阿莫尔（对应罗马神话中的丘比特和希腊神话中的厄洛斯）是爱的化身，他推动了《特洛伊浪漫史》中每一条支线的发展。《特洛伊浪漫史》主要由 4 个爱情悲剧构成——美狄亚和伊阿宋的故事构成背景；海伦和帕里斯的故事是特洛伊战争的开端；在战争过程中，克瑞西达和特洛伊罗斯上演了爱情故事；而阿喀琉斯和波吕克塞娜的悲剧爱情宣告了战争结局。对伯努瓦来说，爱使人燃起战斗欲望，也使人甘愿投降；爱既是活下去的原因，也是死亡的理由。

但伯努瓦笔下的"爱"，不只是性冲动和情感依恋，它还是礼节（courtesie）的充分表达。在伯努瓦看来，"礼节"不仅包括战争和爱情中得体、值得敬佩的行为，还包括美丽精致的外表和行为举止的修养。而在《特洛伊浪漫史》中，站在宫廷礼节顶峰的自然是特洛伊人。

赫克托耳受伤后疗养的地方叫作"美人之室"（Chambre de Beautés），浓缩了各种美好品质。[3] 它由雪花石膏打造而成，其间满是珍奇异宝。房间四角立着4个具有神秘力量的装置：第1个可以向人们展示最得体的着装，第2个有娱乐和消息通知功能，第3个可以播放音乐陶冶情操，第4个能提供重大问题的决策建议。因此，这个房间不仅展现了精致及修养的理想典范，还能改善和提高来访者的礼仪修养。关于这一房间的描写有300多行诗句，且在诗歌中至关重要——诗句位于整首诗歌的中心位置、处于故事的关键转折点，即在特洛伊人失去英雄赫克托耳后、力量逐渐衰弱之时。在主诗歌开始之前的概述中，该房间也至少出现了3次。

中世纪浪漫文学中呈现的特洛伊宫廷爱情故事，与古希腊文献中粗俗的色情描写明显不同。如第11章所述，这一时期《荷马史诗》鲜为人知，伯努瓦及其他西欧作家是通过后来的文献来了解特洛伊的。[4]然而，将浪漫爱情故事嵌入神话是中世纪时期的创新，这种创新源自此时欧洲世界的变化。

特洛伊爱情故事中理想化的"礼节"，催生了以行为、礼仪和举止来区分贵族的规范。在当时，新国家正在建立，认领特洛伊血统是一种政治风潮，特洛伊浪漫文学也必定具有意识形态方面的巨大潜能。虽然这些流行作品很少涉及当时的地缘政治细节,但事实上,它们重新定义了"高贵"。"高贵"不仅是指出身和财富,还涉及行为和举止。[5] 在上述方面,特洛伊的重大意义一定与当时的"特洛伊族谱政治"密切相关。国家和统治者为维护自身利益而对特洛伊青睐有加,同时在流行文化中,特洛伊人被塑造为道德和行为的典范。

因此,在中世纪时期,特洛伊是许多爱情故事发生的舞台,也是一个"浪漫世界",这种浪漫超越了爱,能延伸到日常生活的所有方面。由此,特洛伊成为奉礼仪和骑士精神为圭臬的终极浪漫世界。

爱情之外的浪漫史

在中世纪的特洛伊世界中,如果说对浪漫的描写不只包括爱,那么对爱的描写也不只包括浪漫。14 世纪中叶,杰弗里·乔叟(Geoffrey Chaucer)的长诗《特洛伊罗斯与克瑞西达》(*Troilus and Criseyde*)以特洛伊神话为背景,描写了超越性欲和冲动的爱之典范。

特洛伊罗斯与克瑞西达的故事虽然不属于特洛伊神话,却也出现在《特洛伊罗曼史》和薄伽丘的《爱的摧残》等其他作品里,这说明它在中世纪的欧洲闻名遐迩。根据中世纪的传说,当克瑞西达作为人质被送往其叛徒父亲所在的希腊军营地时,这对特洛伊的年轻恋人被迫分开。此后,克瑞西达移情别恋,爱上了希腊英雄狄奥墨得斯,将自己与特洛伊罗斯的爱情弃之脑后。

从这一节点开始,乔叟对于故事情节的处理变得极其有趣。在诗的最后一卷,不幸的特洛伊罗斯在得知克瑞西达背叛自己之后,死在了阿喀琉斯的手里。然而,乔叟的描写并没有就此止步——在特洛伊罗斯死后,还有63行诗句。其中的第1节,就是特洛伊罗斯的灵魂在反思世俗爱情的微不足道以及"这片土地"的渺小。最后一节则回到了叙述者视角,称作品是为了鼓励"年轻、鲜活的人们"接受一种新形式的"爱"——对基督教上帝的爱。

> 并且要爱他,他真正出于爱。
> 那一天被钉在十字架上,为了赎回我们的灵魂,
> 先是死亡,然后复活,升至天堂;
> 我说,因为他不欺骗任何
> 将全心放在他身上的人。
> 那么既然他是最值得爱的,也是最温柔的,
> 又何须去寻求那些虚假的爱呢?

在这一小节中,作者鼓励读者要爱上帝,而非那些容易犯错的人:"那一天被钉在十字架上,为了赎回我们的灵魂,先是死亡,然后复活,升至天堂。"上帝通过受苦表现出一种更高级的爱,而现在,他获得的回报也是爱。与克瑞西达不同,上帝"不欺骗任何将全心放在他身上的人"。在结尾处,乔叟思考的是除了上帝的爱,人是否还需要其他的爱:"那么既然他是最值得爱的,也是最温柔的,又何须去寻求那些虚假的爱呢?"

事实证明,特洛伊为乔叟笔下支离破碎的爱情故事提供了绝佳舞台。这场大战的起因被归结为虚伪的爱,克瑞西达的不忠正是一个缩影。故事发生在前基督教的时代背景下,使得对爱的辜负行为不可避免——如果真正的爱是对上帝的奉献,那么特洛伊罗斯对爱情的希冀或许从一开始就注定要被辜负。

观众视角的"渴望"

除了在情感方面的爱,特洛伊神话还为人们提供了思考渴望(desire)、性欲(lust)和性别政治(sexual politics)的沃土。故事里最著名的女主角海伦把这些内容体现得淋漓尽致。[6] 几个世纪以来,海伦一直被用于探讨过错与罪责、因果与必然，以及女性气质与女权主义等议题。在古代，像高尔吉亚这样的雄辩家有时会用海伦的视角进行写作，以检验自己的修辞技巧。在文艺复兴时期的欧洲亦是如此，在当时，性别角色不断变化，性别政治正在发生转变。[7]

雅科波·丁托列托（Jacopo Tintoretto）1578—1579年的画作《海伦之劫》（*The Rape of Helen*）描绘了在混乱和杀戮之中被掳走的海伦（见图12.1）。在画中，海伦正被袭击者拖到一艘船上，她身后的模糊背景充斥着混乱和冲突。这幅画以对角线构图的动感和明暗对比为特点，画面中的海伦探身寻求帮助，画家增加了她头部和身体的亮度，使其变得尤为突出。

在这里，海伦的形象与爱情无关，画作的主题也不是礼节，更不是鼓励精神上的无私奉献。其实，海伦在这幅画中不是"主体"（subject），而是"客体"（object）——她的身体承载了帕里斯的色欲、士兵的粗暴，以及观众的目光。将海伦客体化到极致的或许正是这些目光。她裸露的肉体吸引着观众眼球——赤裸的手臂和低胸露肩的服饰在漆黑的船上发光，粉红色的乳头若隐若现。画家为观众呈现了一个撩人形象——我们看到的不只是历史上最美的女人，还是一个半裸的女人。在这幅画中，乳房没有完全暴

图 12.1 《海伦之劫》,雅科波·丁托列托,1578—1579 年

露在观众视野中,而是处于半遮掩状态,意在挑逗、诱惑。丁托列托引导观众产生占有海伦的想法,帕里斯并未出现在画面内,而我们,正是窥视的帕里斯。

此后经过约 40 年,中国明朝出现了一幅类似的刺绣作品,却截然不同地表现出"渴望"的概念(见图 12.2)。它使用中国传统刺绣技术描绘出西方形象,此类混搭的视觉风格作品共有 7 幅。[8]

在这幅作品中,海伦位于整个场景的中心,她正要被人掳走,飞舞的四肢包围着她。这幅作品并非通过裸露的肉体来表现对海伦的渴望,而是通过她所佩戴的首饰:耳环、项链、手镯、王冠和腰带——海伦全身佩戴着黄金。她的裙子新颖夺目,用金线做装饰条纹,看起来闪闪发光、触手可及。海伦位于画面中心,将"渴望"具象化。这幅作品通过海伦奢华的穿着来吸引观众。

尽管画面中的海伦将要被两个士兵掳走,但她依然是整个场景的主宰。她望向天际,周围人也追随着她的目光。掳走海伦的士兵、站在海伦身后的白发男子(据说是墨涅拉俄斯)、站在船上头戴花冠的男子(据说是帕里斯),他们都将目光投向了海伦注视的地方。与其他描绘海伦的作品不同,在这幅作品中,海伦同时主宰着"看"与"被看"

图 12.2 中国刺绣作品，17 世纪early

的行为。

这幅刺绣诞生于明朝末年,当时的中国正走向衰败。宦官当道,皇帝已经退出公众视野。16世纪的耶稣会传教士不仅带来了基督教,也带来了新的艺术思潮和社会观念。虽然受到西方的影响,但这幅刺绣作品可能也在质疑来自西方的新奇事物。同样是表现对海伦的渴望,丁托列托展示的是被动的性吸引,这幅作品却大相径庭,描绘了世俗且物质的渴望,既表现了对金钱的欲望和野心,也表现了性冲动。在帕里斯劫掠海伦之前,或许美色和财富早已劫掠了他的神智。

回归浪漫

文艺复兴时期,特洛伊相关主题的作品中描写的是各种各样的"渴望"。不过,讲述浪漫爱情的作品其实离我们并不遥远,在20世纪复刻特洛伊神话的风潮中,浪漫爱情成为叙述核心。[9]

有两部好莱坞电影——1956年的《木马屠城记》和2004年的《特洛伊》均以浪漫爱情故事为主题,主要是海伦和帕里斯的爱情,还包括布里塞伊斯和阿喀琉斯的爱情。2003年的英国电视剧《新木马屠城记》也讲述了相似主题的爱情故事。1995年的动画短片《阿喀琉斯》和2012年的小说《阿喀琉斯之歌》则探讨了阿喀琉斯和帕特洛克罗斯之间的同性恋关系。但非英语作品却对爱情话题不怎么关心。例如，意大利电影《特洛伊的陷落》《木马屠城》和《阿喀琉斯的愤怒》中虽然包含爱情情节，但与军事情节相比只能算是支线。

在20世纪中叶的美国，"特洛伊"是个十分受欢迎的名字，有人认为这是特洛伊爱情故事的风靡所导致的。在好莱坞演员、大众情人特洛伊·多纳胡走红后，20世纪50年代和60年代，"特洛伊"这个名字彻底流行开来。多纳胡本名莫尔，他的好莱坞经纪人亨利·威尔森让他舍弃本名，改成充满浪漫意味的"特洛伊"。多纳胡晚年接受采访时回忆道："当时的备选名字还有'帕里斯'（Paris），特洛伊神话中海伦的情人。但我猜想他们最终摒弃帕里斯·多纳胡，是因为世界上已经有法国巴黎（Paris）和伊利诺伊州的帕里斯市（Paris）了。"[10]

第 13 章
战争：受益的究竟是谁？

冲突是特洛伊神话和《伊利亚特》的核心主题。这里说的冲突当然包括传统意义上的战争，即大规模军事对抗、激烈交锋和壮烈牺牲。但正如第 2 章所述，特洛伊神话的冲突含义更为深远。《伊利亚特》尤其注重展现社区之间、社区内部和个体思想等方面的冲突。

古往今来，我们解读特洛伊时都无法离开冲突的主题。特洛伊战争基本成为"史诗般宏大战争"的代名词。人们想强调某场战争的规模、重要性及传奇性时，常常将其比作"特洛伊战争"。13 世纪，一名编年史家描写阿卡围城战时，称它是一场可与特洛伊战争媲美的史诗级战斗。他写道："如果十年战争让特洛伊声名远扬，那么同样促成世界百花齐放的阿卡也必将名垂青史、受世人称颂。"[1] 他将阿卡围城战比作特洛伊战争，不仅仅是想证明前者的规模之大、影响之深，还暗含着对阿卡历史地位和声名的展望。史诗般的规模与影响力自然可以为阿卡加持历史声望。这说明，特洛伊战争的含义远远超越了战争本身。

事实上，特洛伊已经被用于探讨各种对抗：除军事冲突外，还有体育比赛、政治竞争和技能竞赛，都可以用特洛伊战争作比。

内部的冲突

威廉·莎士比亚的著名高难度戏剧《特洛伊罗斯和克瑞西达》(*Troilus and Cressida*)用特洛伊神话作背景，复杂而细腻地展现并探讨了冲突的概念。这出戏剧面临诸多问题。人们至今没有确定其剧种——它在诞生之初被称作喜剧和历史剧，但1623年以对开卷形式出版时，又被置于悲剧和历史剧之间，未被明确归为任何一类。我们也无从知晓，莎士比亚在世时，《特洛伊罗斯和克瑞西达》是否举办过公开演出。[2]

原因很可能是该剧展现了脆弱无能的国家权力，因此在政治上较为敏感。在伊丽莎白时代，特洛伊神话与英国人的起源密切相关（见第11章），伦敦在当时被塑造为"新特洛伊"，都铎王朝也尤其强调自身的特洛伊血统。[3]因此，以特洛伊战争为主题,尤其是展现决策与争论的戏剧就必定具备政治性。该剧深入挖掘了伊丽莎白一世统治末期人民普遍的低落情绪,同时是埃塞克斯伯爵倒台的写照。

埃塞克斯既是皇家宠儿,又广受民众喜爱。但1597年末,埃塞克斯的竞争对手成了他的上司,他只好愤懑地离开宫廷政治舞台。在此之前,已有人将埃塞克斯比作阿喀琉斯,经过此事后,他俨然成为阿喀琉斯的化身。1598年,当乔治·查普曼首次将《伊利亚特》从希腊语翻译成英语时,他写道,这本译作献给"现世的阿喀琉斯"——埃塞克斯。[4]在离开宫廷政治4年后,埃塞克斯于1601年发动政变,公然反对伊丽莎白政府。结果政变失败,埃塞克斯因叛国罪被处决。《特洛伊罗斯和克瑞西达》写于1602年至1603年,正好在上述事件发生之后。该剧用古老的特洛伊神话隐晦地嘲讽了当代政治。

剧中有两幕戏演绎了混乱的决策系统和病态的政治体系。[5]在第1幕第3场,希腊领袖们谈论着困扰军队的党派之争和普遍存在的幻灭感,尤利西斯认为他们需要"军令、纪律和秩序"。但希腊领袖们随即违背了自己提出的原则,利用计谋引诱阿喀琉斯重返战场,让埃阿斯死在赫克托耳手上,以刺激阿喀琉斯的自尊心。在后来的第2幕第2场中,当特洛伊人讨论是否要归还海伦时,赫克托耳支持归还,并提出了明确而合理的观点。但他最后却透露自己已向希腊人发出了对决挑战,此举表现出他仍在为冲突作准备。

这两幕戏剧中的角色言行不一、行为违背自身立场,致使人们怀疑并嘲讽政治体系,正如剧中"傻瓜"角色忒耳西忒斯所说的:"东拼西凑、欺瞒哄骗、百般无赖,争来争去不过是为了一个王八和一个婊子。"

《特洛伊罗斯和克瑞西达》不仅描写了支离破碎的政治体系,还表现了个体及个体身份的支离破碎。莎士比亚在创作时广泛借鉴了同时代各种特洛伊主题文学衍生作品,其笔下的阿喀琉斯有《伊利亚特》查普曼译本中满腔怒火的阿喀琉斯的影子,[6]还参考了乔叟和中世纪诗歌中描绘的浪漫主义英雄和骑士形象(见第12章)。剧中的人物甚至能意识到自己具有"多重人格"。比如,克瑞西达就对她的情人特洛伊罗斯说道:"我专情的自我,与你同在;但我还有一个无情的自我,会离开你受别人的愚弄。"在莎士比亚看来,特洛伊战争真正的冲突在内部,即盟友间、朋友间、个体内部的冲突。

文明间的冲突

从宏观层面看,特洛伊战争也被称为最壮观的文明之战。如第 8 章所述,在古希腊时期,特洛伊战争有时会被描述为"文明间的冲突",即欧洲与亚洲、东方和西方间的斗争。

19 世纪中后期,种族刻板印象、贬损"东方"、特洛伊战争的相关话题在西欧再一次携手登场。4 次出任英国首相的威廉·尤尔特·格莱斯顿(William Ewart Gladstone)既是大政治家,又是狂热的古典主义爱好者,对荷马尤其感兴趣。在政府任职期间,格莱斯顿出版了几本荷马和英雄时代主题的书籍,还大力支持海因里希·施里曼的考古活动。[7]

当我们把格莱斯顿的研究与其政治演讲和宣传册进行比较就会发现,他对特洛伊和特洛伊战争的态度与对土耳其人的态度惊人吻合。格莱斯顿称土耳其人为"反人类典型",具有 4 个特质:第一,不善治理,政府惯用暴力严刑,"以武力而非法律治理国家";第二,极其迷信;第三,好色贪心,"笃信今世人各有命,死后升入声色犬马的天堂";第四,缺乏理智,"以武力统治国家的土耳其政府,若无智慧与理性的辅助必将垮台,而这正是他(指土耳其人)缺乏的能力"。[8]

格莱斯顿对特洛伊人也有类似评价。他表示与亚该亚人相比,特洛伊政府凭借王权暴力实施统治。他的研究结论是:"与希腊人相比,特洛伊人的制度习俗缺乏自由精神;对王权的崇拜充满奴性;统治摒弃了理性说服;缺乏政治组织能力。"格莱斯顿还认为"特洛伊人热衷于宗教仪式,天生耽于声色"。他还认为特洛伊人和土耳其人一样缺乏智力,称特洛伊为"缺乏想象力的地方"。格莱斯顿总结道,希腊人"更为阳刚",而特洛伊人"更为软弱",与希腊人相比,特洛伊人一无是处:"总体而言,我认为荷马赋予了希腊人更优越的智力、军事能力和道德水平,尤其具体而丰富地描绘了最后一项。"[9]

格莱斯顿具体阐述了古代特洛伊人与当代土耳其人之间的联系。他给特洛伊人贴上当时用于形容中东地区的"东方"(Oriental)标签,还指出特洛伊和土耳其的文化具有相似之处,尤其是性道德方面和专制倾向。[10] 将特洛伊和土耳其混为一谈,将"亚洲人"与欧洲"西方"民族作对比并总结前者的负面刻板印象,这些都是东方主义(Orientalism)的典型观念,格莱斯顿正是一个典例。[11] 如爱德华·萨义德所说的，东方主义植根于欧洲帝国主义经验和盛行的种族观念之中，捏造了一个神秘而危险的"东方"。在这一时期的西欧，东方主义观念导致人们把特洛伊战争又重新解释为文明之战，即东方与西方、亚洲与欧洲间的冲突，而具备"东方"特性的特洛伊人注定要被"西方"所击败。

特洛伊与加里波利

第一次世界大战，特别是加里波利之战，让特洛伊的故事再一次被赋予了新含义。加里波利之战发生在1915年4月至1916年1月，以奥斯曼帝国的胜利告终。战争双方损失惨烈，广泛引起了人们对战争的反思。加里波利半岛与特洛伊、特洛阿德地区相近，因此无论是战前、战中还是战后，加里波利之战都与《伊利亚特》和特洛伊战争联系在了一起。联系的影响是双向的——加里波利之战被涂抹上了史诗色彩，而古老的特洛伊遗址则被赋予了当代意义。

典型案例就是英国和澳新军团*的士兵写的诗歌。[12]

---

* 即澳大利亚和新西兰军团，是一支参加过第一次世界大战加里波利之战的联军。后来演变为泛指所有参加"一战"的澳大利亚和新西兰军人。

描写第一次世界大战的诗歌本就常常引用《荷马史诗》，不出所料，加里波利之战的诗歌里也频繁出现了特洛伊神话的身影。"士兵诗人"们通过两种截然不同的方式引用特洛伊神话。其中一群人把当代战争"英雄化"，将加里波利之战描绘成一场史诗级战斗。例如，在行军路上，士兵诗人鲁伯特·布鲁克（Rupert Brooke）在笔记本上兴奋地写道，自己将参与一场史诗斗争。但就在他们航行到达达尼尔海峡时，布鲁克因病去世，没能目睹这场战役。

> 普里阿摩斯和他的 50 个儿子
> 在惊愕中醒来，听到了枪声，
> 并再一次为特洛伊而颤抖。
>
> 摘自布鲁克的笔记本

在这群诗人看来，英国人和英联邦军人是亚该亚希腊人，奥斯曼土耳其人则是特洛伊人。中世纪时，英国和其他欧洲国家宣称自己拥有特洛伊血统（见第 11 章），但此时，他们却从东方主义和亲希腊观念出发，自称为希腊人。在这种视角下，加里波利之战是光荣的，战争发动者成为英雄。

另一群诗人的视角完全不同。他们不想颂唱赞歌，而是想纪念死者、反思战争。例如，1919年一首匿名诗歌《达达尼尔》(*The Dardanelles*)问世，打破了亚该亚与特洛伊、协约国与奥斯曼帝国的界限，把加里波利之战的烈士比作史诗里死去的英雄。

> 你为何悲伤？我们并不孤单，
> 达达尼尔海峡还矗立着其他坟墓。
> 不朽的荷马所歌唱的人们
> 降临在我们幽灵般篝火的光芒中，
> 像兄弟一样迎接我们，说："瞧！
> 古老的特洛伊为我们的故事而回响。"

无论是在过去还是在现在，不管是战友还是敌人，所有为战争牺牲的烈士都是兄弟。他们人性相通、命运相同。此后，加里波利之战的纪念活动中也经常引用特洛伊战争。[13]神话创造了一个超越国家、社会和意识形态范畴的平行世界，抽离现代政治语境，把烈士平等地比作英雄。加里波利之战50周年的盛大纪念活动包含了参观特洛伊遗址，以反思战争带来的悲剧。[14]

反思战争的典例当属帕特里克·肖-斯图尔特（Patrick Shaw-Stewart）的著名诗歌《战壕中的阿喀琉斯》（*Stand in the Trench, Achilles*）。1915年7月，在加里波利之战达到高潮之时，肖-斯图尔特在英布罗斯岛上休养时写下了这首诗。此诗着重描写了特洛伊战争的辛酸沉痛，而非英雄主义。在写下此诗的两年后，肖-斯图尔特在西线法国战场去世。直至他死后，人们才发现此诗。

> 今早我看到一个人，
> 他还不想去死：
> 我发问却无法回答，
> 自己是否也是如此。
>
> 晨光熹微，天气晴朗，
> 在达达尼尔海峡之上；
> 拂过我脸颊的清晨微风
> 使它如贝壳般寒冷。
>
> 但其他贝壳也在等待
> 穿过爱琴海，

弹片纷飞，硝烟滚滚，
炮弹和地狱将把我围困。

哦，地狱之船、地狱之城，
像我一样的地狱之人，
为何我非要追随
又一个致命的海伦？

阿喀琉斯来到特洛伊
而我来到加里波利：
战斗前，他满怀怒气，
而我获得三天安逸。

死亦何难，阿喀琉斯，
死亦何难？
我懵懂无知，你洞若观火——
但我更快乐。

今早我将准备
从海上的英布罗斯岛返回；

战壕中的阿喀琉斯，

火焰冲天，请为我呐喊。

流行文化中的特洛伊式英雄主义

加里波利之战后，特洛伊开始被赋予战争悲剧的含义，并将战争中的英雄烈士们联结在一起。从20世纪初的诗歌，到当代流行文化，我们都能找到许多例子。

在加里波利之战结束的几个月后，美国出现了"特洛伊"牌避孕套。直到今天，美国人说到特洛伊时，通常就是指避孕套。[15]在1916年首次生产之时，特洛伊避孕套主要用于预防疾病，而非避孕。当时它的包装很朴素、广告很矜持，重点强调了产品质量。[16]"一战"后，社会风气变得严肃，特洛伊品牌营销强调产品有着"军事标准"的可靠性，在充斥着浪漫意味和性意向的同类竞品中脱颖而出。该品牌的避孕套在药剂师和消费者看来相当体面（且符合社会观念）。

美国许多体育队伍也以"特洛伊"为名，表达"荣誉"的概念。其中最著名的当属南加州大学。[17]一位《洛杉矶时报》的体育记者认为"特洛伊"符合该学校的体育队伍所展现的英勇奋进精神,因此1912年,南加州大学(男子)美式橄榄球队正式采用"特洛伊"作为队伍名称。[18]"一战"期间,"特洛伊"逐渐成为该学校的代号。1930年,校园中央建造了一座名为"汤米·特洛伊"的雕像,在学校宣传册中,该雕像被称为"特洛伊神殿"(见图13.1)。2017年8月,汤米·特洛伊雕像还拥有了一名同伴——赫卡柏雕像。[19]

"特洛伊"的两种现代用法,彰显了它在20世纪初,特别是在"一战后"的重要意义。在上述两种情况下,"特洛伊"泛指古代战士,而非特指特洛伊的战士。但古典名称众多,为何非要用"特洛伊"呢?[20]人们究竟对它产生了怎样的情感共鸣?

南加州大学对赫卡柏雕像的解释能够很好地回答这个问题:正是赫卡柏鼓励特洛伊人,即使敌众我寡、筋疲力尽、面临绝境之时,也要继续战斗。[21]汤米·特洛伊雕像的底座刻有特洛伊式美德[22]——"忠诚、博学、灵巧、勇敢与雄心"。乍一看平平无奇,但重点在于这些美德的排列顺序。体育队伍应当把忠诚作为最高美德,勇敢和雄心则位于其后。南加州大学特洛伊队能击败其他队伍,靠的不是勇猛,而是注重忠诚、可靠和荣誉的体育道德。

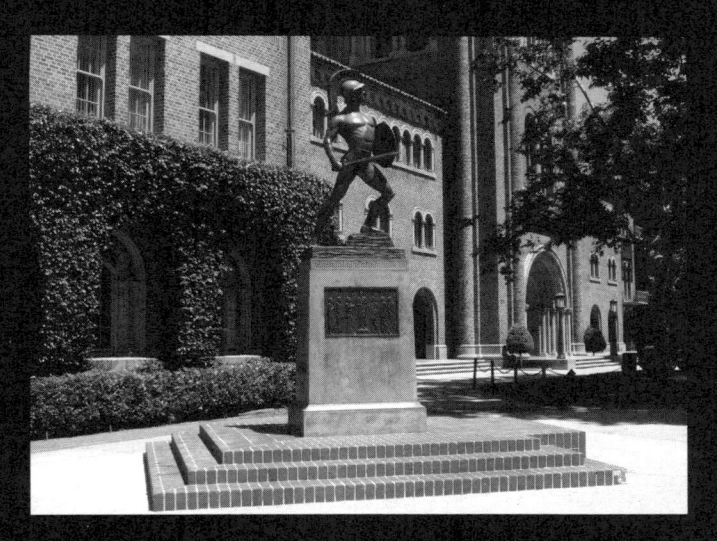

图 13.1 "特洛伊神殿"

但在神话中,特洛伊人败给了卑劣计谋,特洛伊木马骗局导致整座城池一朝沦陷。在今天,有欺骗含义的"特洛伊木马"还被用于指代一种计算机恶意软件。该称呼由美国国家安全局计算机安全研究员丹尼尔·J.爱德华兹于1972年首次提出。[23]特洛伊木马能够通过欺骗用户来获得计算机或系统的使用权限。它通常伪装成收据、发票或其他常见的电子邮件附件,引诱用户下载,然后趁人不备恶意运行。它可能会破坏或删除用户文件,也可能会监视或盗窃用户数据。爱德华兹说,当他在思考这种软件具有的欺骗性时,脑海中自动浮现出了"特洛伊":"……具有实用的外表,实际却截然不同,让我想起了特洛伊木马——木马其外,战士其中。"[24]

也许我们认为特洛伊人值得信任,是因为他们轻信别人——在大众观念里,他们永远是受骗者,而非欺骗者。特洛伊人虽形象光辉,但却永远与耻辱和背叛联系在一起。总之,"特洛伊"在当下社会观念的塑造中发挥着重要作用,人们常用特洛伊来表现战争的本质与规模,悲剧、冲突和竞技道德。

第 14 章
今天的特洛伊

从古至今,特洛伊神话内涵丰富、功能多样。它被用于塑造国家认同、巩固王室统治;铸造道德标杆、浪漫典范和精神理想;发展商业、政治和体育行业。本书篇幅有限,无法一一列出特洛伊的所有含义和意义,所以在最后一章,我将着重叙述特洛伊作为符号的影响范围和一些典型案例。

本章介绍了现代世界如何理解和解释特洛伊神话。20 世纪和 21 世纪,世界从欧洲帝国主义走向两次世界大战,随后又从超级大国争霸走向全球化、分权和民族国家式微的时代。特洛伊的含义自然也与时俱进。在 21 世纪,特洛伊神话正显露崭新视角,被赋予现代意义。

特洛伊的悲剧视角

我们在第 13 章探讨过,第一次世界大战后,特洛伊已经成为战争悲剧和英勇烈士的代名词。虽然人们往往更多关注后者,但20世纪中叶的诸多作品对前者的呼应更为强烈。

让·季洛杜(Jean Giraudoux)1935年的戏剧《特洛伊战争不会爆发》(*La guerre de Troie n'aura pas lieu*)就是一个典例。[1]季洛杜将背景设定在特洛伊战争爆发伊始,他把赫克托耳描绘成一个坚定的和平主义者,在会议上极力劝说希腊领袖,试图阻止战争爆发。在此剧中,冲突在争吵和讨论中得以展现——真正的竞争是语言的竞争,真正的胜负是辩论的胜负。这部戏剧与莎士比亚的《特洛伊罗斯与克瑞西达》相似,最终赢得胜利的,是欺瞒和两面派行径。在最后一幕中,奸诈的德莫科斯谎称埃阿斯抢走了海伦,他号召特洛伊人武装起来战斗。赫克托耳将德莫科斯击倒,希望能够阻止特洛伊人的进攻。垂死之际,德莫科斯又谎称自己的伤势都是埃阿斯所为。戏剧的最后几行台词表明谎言打败了真实,战争的爆发成为必然。

> 阿布尼欧:谁杀了德莫科斯?谁杀了德莫科斯?
>
> 德莫科斯:谁杀了我?是埃阿斯!埃阿斯!杀了他!
>
> 阿布尼欧:杀了埃阿斯!

赫克托耳：他说谎——是我将他击倒的。

德莫科斯：不……是埃阿斯……

阿布尼欧：埃阿斯杀了德莫科斯……抓住他！惩罚他！

赫克托耳：德莫科斯，承认吧，就是我！承认吧，否则我真要把你干掉了！

德莫科斯：不，我亲爱的赫克托耳，亲爱的赫克托耳。袭击我的是埃阿斯。杀了埃阿斯！

卡桑德拉：他哇哇乱叫，将死之人还能如此活蹦乱跳。

阿布尼欧：他们……他们已经扣下了埃阿斯……他们杀了他！

赫克托耳：（将安德罗马克的手从他的胸口拂去）大战将至。

卡桑德拉：特洛伊的诗人已死……此后将交由希腊诗人言说。

赫克托耳输掉了言语之争，预示着他和整个特洛伊也会输掉战斗。最后一幕象征着战争的大门开启，门后的海伦拥抱着年轻的特洛伊贵族特洛伊罗斯。而此前的剧情正是海伦离开爱人帕里斯、追求特洛伊罗斯。这种"背叛之背叛",昭示着特洛伊的最终命运,也昭示着赫克托耳和安德罗马克代表的荣誉和社会礼仪规范彻底崩溃。

季洛杜将最后一句台词安排给了卡桑德拉。她用谜语预言了战争终局。她没有说"特洛伊已死",而是说"特洛伊的诗人已死"。她告诉我们,现在掌握话语权的是希腊的诗人。此处"话语权"(words)的法语原文是"parole",这个词语的含义相当丰富。与古希腊的"逻各斯"(logos)一样,它也表示争论以及说话的行为。此外,它还与英语中的"信守诺言"(keeping your word)类似,意为讲真话的美德。在季洛杜的戏剧中,语言既是竞争的手段,也是竞争的奖品,语言的胜利即为征服真理和道德。

希腊外交官、诗人乔治·塞菲里斯(Giorgos Seferis)也创作了类似悲剧。在他1953年的诗歌《海伦》(*Helen*)中,塞菲里斯讲述了另一种神话。海伦被囚禁在埃及,从未到达特洛伊,而众神送往特洛伊的,只是一个幻影。[2]塞菲里斯使用新的神话叙述强调了战争的徒劳。透克洛斯在特洛伊沦陷后只身一人抵达塞浦路斯,这首诗由他的视角展开叙述。

我带着传说只身停泊,

如果它真只是个传说,

如果人类真不再相信

诸神那古老的诡计,

如果未来另一位透克洛斯

或另一位埃阿斯或普里阿摩斯或赫卡柏,

或某位无名人看见过

满载尸体的斯卡曼德河,

就未必会听到

信使们来告诉他,

说有那么多苦难,那么多生灵

堕入深渊,

只为一件空外袍,只为一个海伦。[3]

在这里,塞菲里斯着眼于未来的战争和苦难,强调了冲突的普遍性和虚无性。他将悲伤的笔触同等地施予希腊人和特洛伊人、士兵和平民,并同时提到透克洛斯和埃阿斯、普里阿摩斯和赫卡柏。事实上,塞菲里斯提到的史诗中的人名需要进行解构,他关心的不是特洛伊国王普里阿摩斯,而是"普里阿摩斯们",不是《荷马史诗》英雄埃阿斯，而是"埃阿斯们"。未来，尸体也不会被投入流经特洛阿德的斯卡曼德河，而是其他的"斯卡曼德河"。或许我们可以身临其境地理解此诗——在某些条件下，我们都可能成为埃阿斯或赫卡柏。海伦，或者只是一件空外袍，任何借口都可能成为发动战争的理由。任何城市都可能成为特洛伊。对塞菲里斯来说，特洛伊的故事就是全体人类的故事。

或许是亲身经历决定了塞菲里斯对战争的消极态度。他出生于安纳托利亚地区，在1919—1922年希土战争期间被迫移居希腊。因此，塞菲里斯在这首诗中选择混血的透克洛斯作为叙述者。透克洛斯在特洛伊战争中隶属亚该亚阵营，但他的母亲是普里阿摩斯的妹妹，所以他还是赫克托耳和帕里斯的表兄弟。塞菲里斯被故乡安纳托利亚流放，他作为外交官效力于希腊，深入参与了塞浦路斯政治，所以，他一定在《荷马史诗》英雄透克洛斯身上看到了自己的影子。

特洛伊的悲剧不仅体现在战争的死伤者身上。在20世纪后期，历史学家和诗人用特洛伊神话来描写历史上的其他灾难性事件。20世纪，"特洛伊黑人"（Troia negra或Black Troy）常被用来形容帕尔马雷斯——一个巴西的逃亡奴隶组成的社区。它在17世纪中叶蓬勃发展，却在17世纪末期遭到猛烈摧毁。这一过程使得人们将其比作特洛伊，帕尔马雷斯的历史也被称为"一部《伊利亚特》"。[4] 在多米西奥·普罗恩萨·菲略（Domício Proença Filho）1984年所作的著名巴西 - 非洲诗歌《破碎的丢尼修：帕尔马雷斯的定居》(*Dionísio Esfacelado: Quilombo dos Palmares*)中，特洛伊是帕尔马雷斯的隐喻，它"为古老狂欢而永恒痛苦"。[5]

此外，特洛伊还被广泛用于传达悲剧性。美国创作型歌手汤姆·威茨（Tom Waits）有一首歌曲名为《特洛伊的陷落》，歌词内容讲述了现代城市帮派暴力导致了年轻人的悲惨死亡，是1996年电影《死囚漫步》的配乐，该电影展现了死刑犯在牢房的经历，用特洛伊的悲剧来反思死亡。

> 人与马和狗都一样，
> 都不想死。
> 他们在一场游戏中杀死了埃弗兰·詹姆斯，
> 拿着比他们的手掌还大的枪。

希望与历史

在20世纪，特洛伊通常代表着惨痛的悲剧和巨大的苦难。或许正因为如此，在20世纪的最后几年和21世纪伊始，特洛伊的含义与此前大相径庭,代表着逆风翻盘和幸福结局。

例如谢默斯·希尼的戏剧诗《特洛伊的弥合》,改编自索福克勒斯的《菲罗克忒忒斯》,于1991年首次出版。希腊英雄菲罗克忒忒斯因腿部受伤溃烂,被亚该亚人遗弃在利姆诺斯岛。有预言说失去他的亚该亚人将无法取得胜利,于是他被人说服,重新加入了特洛伊战争。剧名中的"弥合"既指菲罗克忒忒斯的伤口,又是对人类苦难的隐喻。然而,为愈合伤口、赢得战争,菲罗克忒忒斯要与遗弃他的人和解,原谅他们造成的伤害。

这部戏剧最著名的一节是末尾的合唱颂歌,从人类的过错和苦难写起,提到了北爱尔兰冲突,其中的共和派是"绝食示威者的父亲",而民族主义者是"警察遗孀"。接下来,希尼以乐观的语气写道:

> 历史说,不要把希望
> 寄托在坟墓上。
> 话说回来,一生也有一次
> 人人向往的
> 正义浪潮能够上涨,
> 希望和历史由此唱响。

菲罗克忒忒斯溃烂的伤口能够复原如初，正如北爱尔兰也能够走向和平。关于北爱尔兰的和平进程，美国总统比尔·克林顿曾在演讲时引用此诗。克林顿后来还将"希望与历史"的说法与美国联系在一起，用作书的标题——《希望与历史之间》，此书由兰登书屋于1996年出版。在1995年访问爱尔兰期间，克林顿在演讲中用"希望与历史"表达对爱尔兰和平进程的乐观态度。那时，希尼刚刚获得诺贝尔文学奖，和平进程似乎也将结出硕果。"我相信，我们如今生活在一个充满希望和历史共鸣的时代。"克林顿在伦敦德里对听众说道。[6]

14年后的2009年，乔·拜登也在副总统就职典礼活动中引用了这一节诗歌。与拜登一起就职的美国总统贝拉克·奥巴马的竞选口号——"是的，我们可以！"使乐观主义再次成为时代风潮。在种族问题方面敏感的美国，第1位黑人总统的上任被视为巨大的变革，也是一个值得庆祝的时刻。整个美国乃至世界都期待着新时代的到来。

尽管历史最终都没能如民众所愿，但以上两个时期的民众的确普遍较为乐观。经希尼的诗句加工后，特洛伊神话稀释了斗争和苦难，成为希望和信心的代名词。

冗长的历史回响

对于今天的我们来说，特洛伊是悲剧、希望、战争和爱的象征。它既包含荣誉、忠诚和英雄主义，也包含背叛和欺骗。它是许多民族的起源，也是民族分裂和团结的手段。

特洛伊能够成为长期的符号，很大程度上是因为它的多功能性。特洛伊能在各种情况下作为典故和参照被灵活引用，是因为人们本身就对特洛伊神话了然于心。无论是今天，还是丁托列托绘出海伦的文艺复兴时期、伯努瓦将特洛伊变成骑士精神典范的中世纪，抑或是罗马皇帝将血统追溯至特洛伊、希腊城市在特洛伊神话的基础上建立联盟的古代，特洛伊都是共通的文化基石。它之所以能成为符号，既取决于这一点，又印证了这一点。

自从希沙立克遗址被确定为历史名城特洛伊或伊利昂的所在地以来，人们对特洛伊的观念发生了变化。从 19 世纪后期开始，人们坚信特洛伊不仅是历史悠久且影响力巨大的神话，还是真实存在且有人居住的城市。经过一个多世纪的发掘和研究，我们进一步领略了特洛伊人的生活、故事和历史。

过去几十年的研究表明，特洛伊是一个充满活力的社区，随着历史的推移不断变化。它获得过9次生命，并非如传说的那样一朝陷落。它曾衰败也曾繁荣，在将近4000年的时间里多次涅槃重生。在古希腊时代，特洛伊居民的日常生活受到神话的影响。从后黑暗时代开始，特洛伊人就举办祭祀和宗教仪式纪念祖先的英雄历史。此外，无论是亚历山大大帝、恺撒大帝的慷慨资助，还是波斯国王薛西斯、罗马皇帝哈德良的政策支持，都表明外来者对待特洛伊的态度在很大程度上也受到了神话的影响。

最近的研究表明，我们对特洛伊神话拥有超越以往的了解。在史前时代，特洛伊曾发生过许多战争，这可能是特洛伊神话的重要来源，但没有一个能与神话完全匹配，史实也不如神话生动丰富。安纳托利亚、爱琴海和近东地区广泛流传的诗歌及口头传说，让我们能够进一步探寻神话起源。我们也逐步理解了，为何特洛伊神话能在公元前8世纪希腊世界的文化融合进程中占有如此重要的地位。

为了揭开神话面纱，我们走进历史名城特洛伊，发现了它作为符号的价值。为了追寻符号本质，我们又必须再次回到神话中去。特洛伊无法被定义，它既是命途多舛的城市，又是扣人心弦的神话，更是包罗万象的符号。解读特洛伊是一门毕生功课。

注释

第 2 章

[1] 在史诗集成中,有一些诗歌并非以特洛伊为主题,但与文中提到的诗歌诞生时间相同。其中包括:《提坦之战》(*Titanomachy*),讲述了宙斯和其他奥林匹斯神推翻上一代神祇的过程;《俄狄浦斯》(*Oedipus*),讲述了俄狄浦斯的故事;《底比斯战纪》(*Thebaid*),讲述了俄狄浦斯的儿子们争夺王位,以及七勇士攻打底比斯的故事;《后裔》(*Epigoni*),讲述了第 2 代英雄在底比斯奋战的故事。关于史诗集成,见 West 2013,以及 Fantuzzi、Tsagalis 2015。关于史诗集成和《荷马史诗》的关系,见 Burgess 2001、2005。

[2] 对于史诗集成的还原作品,包括:普罗克洛斯(Proclus)所著的《名文选集》(*Chrestomathy*),伪阿波罗多洛斯(Pseudo-Apollodorus)所著的《书库》(*Bibliotheca*),阿特纳奥斯(Athenaeus)所著的《智者之宴》(*Deipnosophistae*)中的内容也十分有帮助。后来的作品中也有很多描写特洛伊战争的内容,如:埃斯库罗斯(Aeschylus)、索福克勒斯(Sophocles)和欧里庇得斯(Euripides)笔下的悲剧;维吉尔(Virgil)所著的《埃涅阿斯纪》(*Aeneid*),奥维德(Ovid)所著的《变形记》(*Metamorphoses*);以及昆图斯·斯米尔纳厄斯(Quintus Smyrnaeus)所著的《荷马之后》(*Posthomerica*)。

[3] 关于《荷马史诗》和民间传说,见 Foley 1997;关于古希腊文化中口头形式的民间传说,见 Thomas 1992。关于更广泛意义上的口头诗歌,见 Foley 2002。

[4] 希腊史诗和古代近东的传统诗歌之间存在广泛的联系,这些联系还得到了大量证据支持。对此议题的讨论,见 Haubold 2013:美索不达米亚对希腊文学作品的影响;以及 Bachvarova 2015:安纳托利亚和爱琴海地区共有的口头民间传说。对此议题稍早一点的讨论,见 West 1997。

[5] 这段残章经常被用作证明《维鲁西亚德》(*Wilusiad*,青铜器时代一首描写维鲁萨城的史诗)存在的史料,据说这首诗最终化身成为《伊利亚特》。不

过，对于一段残章进行如此推断可能确实有些过度。见 Bachvarova 2015。
[6] 在《荷马史诗》的创作过程中，写作这一形式的重要性一直存在诸多争议。见 Thomas 1992，Powell 1997。
[7] 关于荷马身份的古代争议，以及此种争议和古代人如何理解《荷马史诗》之间的关系，见 Graziosi 2002，Graziosi 2016。
[8] 至今仍有许多关于荷马所在年代的争议，见 Grethlein 2010。关于史诗集成中其他诗歌的创作时间，见 Burgess 2001，West 2013。
[9] 关于特洛伊战争的视觉呈现形式，见 Woodford 1993，Lowenstam 2008。
[10] 此图案绘于米克诺斯岛出土的一个储存用的大口陶瓷瓶上。关于米克诺斯岛出土的描绘特洛伊毁灭的陶器，见 Anderson 1997。蒂诺斯附近岛屿出土的一个陶器的碎片上绘有安装着车轮的马，这可能是特洛伊木马的更加广泛的视觉呈现图案。
[11] 我们或许能在其他资料中推断出诸如此类的口头民间传说的大概样式。例如，埃斯库罗斯所著的《阿伽门农》（*Agamemnon*）中对于海伦名字的戏称（Heleptolis，城市毁灭者）一直在民间流行。与之相似，欧里庇得斯也在作品中以一种不同的方式使用了海伦的戏称，如 Hellenida，意为"希腊大地"，包括之后的动词 helein，意为"俘获"。
[12] 关于《伊利亚特》的介绍，见 Schein 1996，Lateiner 2004，Edwards 2005。
[13] 早在公元前5世纪，希罗多德（Herodotus）在自己的作品中，就用"伊利亚特"来引用这首诗歌，见希罗多德所著《历史》（*Histories*）。
[14] 关于伊利亚特式的城市描写，尤其是对于特洛伊的描写，见 Scully 1991。
[15] 这些词语都只用来形容特洛伊城，不适用于其他城市。见 Bowra 1960。

第3章

[1] 引自 Heuck Allen 1999。
[2] 关于这两处引用以及特洛伊地区的早期探索历史，见 Heuck Allen 1999。
[3] 关于卡尔弗特在特洛伊的活动，见 Heuck Allen 1999。
[4] 关于施里曼的生平信息及考古活动，见 Traill 1995。
[5] 关于施里曼和卡尔弗特的关系，见 Heuck Allen 1999。

[6] 关于施里曼对自己考古成果的记述,见 Schliemann 1875、1881 和 1884。
[7] 在当时,大多数古典学者都认为,古希腊史诗,特别是《荷马史诗》,并不是从口头传说中衍生出来的。他们认为这些史诗是在公元前 7 世纪或公元前 8 世纪的历史背景下,人为创作出来的文学作品。因此,诗句中反映的应该是当时的人们对于亚该亚希腊社会(archaic Greek society)的关注,并且比起英雄时代(或者说青铜器时代末期),史诗内容更多地展现了公元前 7 世纪或公元前 8 世纪的社会状况。持有此观点的著名学者是维拉莫维茨(Wilamowitz),自然地,他对于施里曼持有高度批评态度(Calder 1980)。这种追溯《荷马史诗》的史实依据的研究方法,也被当今大多数古典学者所支持。
[8] 施里曼的一个臭名昭著的事迹是,他为了获得美国公民身份而撒谎,还因此和自己的第 1 任妻子离婚了。见 Traill 1995。
[9] 关于"普里阿摩斯的宝藏"事件,见 Traill 1995。关于施里曼发现宝藏的自述,见 Schliemann 1874。
[10] 关于德普菲尔德在特洛伊发掘活动的自述,见 Dörpfeld 1894、1902。
[11] 关于布雷根及其官方团队对特洛伊不同沉积层发掘活动的最终总结,见 Blegen et al. 1950、1951、1953、1958。
[12] 关于布雷根对荷马笔下的特洛伊的观点,见 Blegen 1963。
[13] 关于遗址的综合概述,见 Korfmann 1997,Rose 2014。
[14] 关于低城,见 Jansen、Blindow 2003。
[15] 见 Korfmann 2004。并且,当讨论到在公元前 8 世纪荷马生活的时代能看到多少史前遗迹时,考夫曼说道:"我将荷马视为一位'当代的见证人'。"(Korfmann 2000)。
[16] 关于科尔布的表述,见 Kolb 2010。关于对考夫曼及官方发掘团队的争论,见 Latacz 2004。关于直接辩驳对方观点的文章,见 Kolb 2004,Jablonka、Rose 2004,Hertel、Kolb 2003,Easton et al. 2002。关于对此次争论的探讨,见 Cline 2013。

第 4 章

[1] 关于铭文,见 Frisch 1975。

[2] 关于铸币,见 Bellinger 1961。

[3] 关于青铜器时代末期的安纳托利亚西部地区及其与赫梯地区的交流,见 Mac Sweeney 2010。

[4] 现在人们认为青铜器时代的"伊利昂"其实被写作"Wilion",因为迈锡尼希腊语中有一个被称作"双伽马"(diagamma)的字母"F",它的读音和今天的字母"w"读音很是相似。

[5] 关于有力证据,见 Starke 1997, Hawkins 1998。关于总结,见 Latacz 2004。关于反对观点,见 Pantazis 2009。

[6] 见 Latacz 2004。

[7] 见《伊利亚特》第 2 卷。

[8] 关于口头传说也能作为保存史实的形式,见 Vansina 1985。

[9] 见 *Annals of Tudhaliya*,于 Bryce 2006。

[10] 见 Manapa-Tarhunta Letter,于 Beckman et al. 2011。

[11] 见 Alaksandu Treaty,于 Beckman 1996,Bryce 2005。

[12] 见 Milawata Letter,于 Beckman et al. 2011,Bryce 2005。

[13] 在爱琴海地区的国王和维鲁萨并肩作战的证据中,包括一位阿希亚瓦国王写给赫梯国王的信,内容是解决两方争端的条款。信中还引用了之前的通信内容,并提到一项关于统治爱琴海东部岛屿的历史性协议。见 Beckman et al. 2011。

[14] 米利都Ⅳ、Ⅴ、Ⅵ沉积层均被毁,见 Greaves 2002。我们能够确定,米利都 V 是由于人为因素而被毁灭的。

[15] 关于反赫梯联盟,见 Annals of Mursili。关于皮亚马拉杜,见 Tawagalawa Letter,于 Beckman et al.2011。关于赫梯征战过程,见 Milawata Letter,于 Beckman et al 2011,Bryce 2005。

[16] 见 Morris 1989。

[17] 关于《赦免之歌》以及它与《伊利亚特》的关系,见 Bachvarova 2015。

[18] 见 Sherratt 1990。

[19] 公元前 8 世纪是希腊人身份认同开始出现的重要时期,与逐渐频繁的外部联系以及希腊聚落(也被称作"古希腊殖民地")的扩张尤其相关,关于此点,见 Malkin 2011。Hall(2002)有着相反的观点,他认为公元前 8 世纪的频繁外部联系并未导致希腊人身份认同的发展,而是在公元前 5 世纪,由于希波战争,希腊人的统一身份认同才建立起来。我们将在第 8 章具体讨论希腊人的身份认同和希波战争,但在此说明,公元前 8 世纪一定是"希腊性"(Greekness)的概念形成的关键时期。随着时间流逝,这个概念也在不断变化,直到很晚的时候,才形成了今天的具体的民族身份认同感,但这一概念形成的根源一定是在公元前 8 世纪。

[20] 关于城邦的出现以及公元前 8 世纪爱琴海地区的其他历史性发展,见 Osborne 2009。

第5章

[1] 关于青铜器时代早期安纳托利亚地区的概况,见 Sagona、Zimansky 2009,Düring 2011。

[2] 关于这一时期的特洛伊,见 Blegen et al. 1950,Séfériadès 1985,Sazcı 2005,Jablonka 2011。

[3] 关于特洛伊 I 被视作"原始都市"时期,见 Düring 2011。

[4] 见 Düring 2011。

[5] 见 Kouka 2013。

[6] 见 Sazcı 2005,Jablonka 2010。

[7] 关于特洛伊 II,见 Blegen et al. 1950,Düring 2011,Jablonka 2011。

[8] 见 Düring 2011,Muhly 2011。

[9] 见 Çalış-Sazcı 2006。

[10] 见 Şahoğlu 2005,Düring 2011。

[11] 关于爱琴海地区的"国际精神",见 Broodbank 2000。

[12] 例如在利曼泰佩,城墙上的一座保存较好的塔楼仍有 6 米之高,见 Kouka

2013，Erkanal 1999。

[13] 见 Steadman 2011。

[14] 见 Düring 2011。

[15] 关于"安纳托利亚 - 特洛伊文化"，见 Sazci 2005，Blum 2006，Jablonka 2010。关于特洛伊Ⅳ，见 Blegen et al. 1951。

[16] 见 Efe 2007。

[17] 关于这一时期的安纳托利亚高原，见 Steadman 2011。

[18] 关于阿拉加霍裕克著名的"皇家陵墓"，见 Bachhuber 2011，Düring 2011。

[19] 关于特洛伊Ⅴ，见 Blegen et al. 1951。关于青铜器时代中期，见 Sagona、Zimansky 2009。

[20] 见 Michel 2001，Veenhof 2013。

[21] 关于库尔特佩，见 Özguç 2003。关于商人的记载档案，见 Veenhof 2000，Aubet 2013。

[22] 见 Veenhof 2000，Aubet 2013。

[23] 关于贝赛苏丹"被烧毁的宫殿"，见 Lloyd、Mellaart 1965。关于这一时期科尼亚·卡拉霍尤克概况，见 Barjamovic 2011。

[24] 关于这一区域的城墙概况，见 Korfmann 2001。

[25] 见 Riorden 2014。

[26] 见 Sazci 2001。

第6章

[1] 关于这一时期的特洛伊，见 Jablonka 2011，Rose 2014。

[2] 关于柱厅，见 Blegen et al. 1953。关于迈加隆建筑，见 Rose 2014、Becks et al. 2006。在青铜器时代末期，此建筑的宗教气息十分浓重，并且在铁器时代，它作为宗教性质的建筑被再次启用。其中遗留下来的宗教物品包括：铜质小雕像、迈锡尼文明图章、碎金、象牙制纺锤，以及名为"来通"（rhyton）的容器等。

[3] 有观点认为，特洛伊木马的故事是毁灭特洛伊Ⅵ的大地震的隐喻，此观点

建立在波塞冬同时掌管地震和马匹的神话之上。因此，特洛伊Ⅵ有可能就是荷马笔下的特洛伊。

[4] 关于迈锡尼使用线形文字 B 的记载，见 Palaima 2010。
[5] 关于赫梯档案，见 Beckman 2011。
[6] 关于乌加里特的档案文献，见 Van de Mieroop 2007。
[7] 见 Beckman et al. 2011，Bryce 2006。
[8] 见 Düring 2011，Muhly 2011。
[9] 见 Çalış-Sazci 2006。
[10] 见 Şahoğlu 2005，Düring 2011。
[11] 关于爱琴海地区的"国际精神"，见 Broodbank 2000。
[12] 关于青铜器时代末期的商业贸易往来，见 Gale 1991，Maran、Stockhammer 2012。
[13] 关于相关争论，见 Kolb 2004，Hertel、Kolb 2003，Jablonka、Rose 2004，Easton et al. 2002。
[14] 关于阿玛纳档案，见 Moran 2000。关于青铜器时代末期更为广泛的国际体系，见 Van de Mieroop 2007。
[15] 关于乌鲁布伦号沉船，见 Bass 1987，Pulak 1998。
[16] 见 Feldman 2006。
[17] 关于灰陶，见 Bayne 2000，Pavúk 2010。
[18] 关于纺织业，见 Pavúk 2012。关于骨螺染料生产，见 Çakırlar、Becks 2009。
[19] 见 Rose 2014。
[20] 关于特洛伊Ⅶa，见 Rose 2014，Blegen 1963。
[21] 见 Beckman et al. 2011。
[22] 关于阿拉克桑都的条约，见 Beckman 1996，Bryce 2005。
[23] 关于青铜器时代末期的大事件，见 Bachhuber、Roberts 2012，Cline 2014，Dickinson 2006。

第7章

[1] 见 Astour 1965。
[2] 关于赫梯帝国的陷落,见 Bryce 2006。
[3] 见 Langgut et al. 2013。
[4] 见 Hitchcock、Maeir 2014, Cline 2014.
[5] 见 Rose 2014。
[6] 见 Aslan、Hnila 2015, Rose 2014。
[7] 关于弗里吉亚人,见 Aslan、Hnila 2015, Rose 2014。
[8] 见 Rose 2014, Aslan、Hnila 2015。
[9] 见 Rose 2014。

第8章

[1] 关于此阶段,见 Rose 2014。
[2] 关于西圣坛区域的宗教活动,见 Aslan 2011, Rose 2014。
[3] 关于"焚烧之地"比较全面的讨论,见 Aslan 2011。
[4] 关于D9区域的宗教活动,见 Aslan 2011。
[5] 关于祭奠英雄的全面介绍,见 Antonaccio 1995。关于特洛伊及特洛阿德地区祭奠英雄的介绍,见 Aslan 2011。
[6] 见 Malkin 1998。
[7] 关于此阶段,见 Rose 2014。
[8] 见 Aslan 2002, Blegen et al. 1958。
[9] 见 Jeffrey 1961(2003), Blegen et al. 1958。
[10] 见 Rose 2014。
[11] 见 Anderson 1997。
[12] 关于此颂歌的讨论,见 Goldhill 1991。
[13] 英文原文译自 West 1993。
[14] 关于古风时期的希腊文化,见 Osborne 2009。
[15] 关于这一时期的特洛伊,见 Rose 2014。

[16] 关于古雅典视觉文化中的特洛伊人和波斯人形象,见 Castriota 2005。
[17] 关于"创造蛮族"的经典作品是 Hall 1989。另见 Cartledge 1997, Isaac 2006, Mitchell 2007, Kim 2009。关于波斯战争之前的希腊民族志,见 Skinner 2012。
[18] 关于希罗多德及其民族志的想象,见 Skinner 2012, Thomas 2002。

第9章

[1] 关于希腊化时代的介绍,见 Shipley 1999, Erskine 2003。
[2] 关于通用希腊语,见 Colvin 2010。
[3] 关于格拉尼库斯河战役,见 Arrian 的研究。
[4] 关于亚历山大在特洛伊的活动,见 Cartledge 2004, Cohen 1995。
[5] 关于安提柯和利西马科斯在特洛伊的活动及这一时期的城市发展,见 Rose 2014。
[6] 关于塞琉古统治下的特洛伊,见 Rose 2014。
[7] 关于希腊化时代的西圣坛区域,见 Rose 2014。
[8] 关于对西布莉的崇拜,见 Roller 1999。
[9] 关于特洛阿德地区的英雄冢,见 Rose、Körpe 2016。
[10] 关于"洛克里斯少女",见 Rose 2014, Hornblower 2015。
[11] 关于柱间壁,见 Webb 1996。
[12] 关于特洛伊的泛雅典娜节,见 Rose 2014。
[13] 为了获得文化资本,一些地方统治者和小领主也兴建图书馆,见 Johnstone 2014。
[14] 关于希腊化时代的文学,见 Clauss、Cuypers 2010。
[15] 关于拉奥孔,见 Brilliant 2000。
[16] 见 Scheer 2003。关于讲述起源神话的诗歌,见 Dougherty 1994, Krevans 2000。
[17] 关于费姆布里亚的暴力破坏,见 Rose 2014。

第 10 章

[1] 关于罗马共和国,见 Flower 2014。

[2] 关于这一时期特洛伊的贫困,见 Rose 2014。

[3] 当然,卢坎在诗中运用了文学的夸张修辞,并且更倾向于描述古特洛伊(即《荷马史诗》中的特洛伊)的遗迹而非当时的特洛伊,见 Rossi 2001。

[4] 关于这一时期的特洛伊,见 Rose 2014。

[5] 关于朱里亚·克劳狄王朝的资助情况,见 Rose 2014。

[6] 关于罗马起源神话的讨论,见 Cornell 1975,Wiseman 1995,Squire 2015。

[7] 关于这一形象十分流行的论述,见 Fuchs 1973。

[8] 此总督是赫罗狄斯·阿提库斯,是知名学者赫罗狄斯·阿提库斯的父亲。这一对父子因所拥有的财富和对雅典的慷慨捐赠而闻名遐迩。

[9] 关于哈德良和埃阿斯墓,见 Rose 2014。

[10] 关于哈德良,见 Birley 1997。

[11] 卡拉卡拉建造的雕像似乎与 140 年之后尤利安皇帝见到的雕像相同。关于此话题的讨论,见 Rose 2014。

[12] 关于此后历史上的特洛伊,见 Rose 2014。

第 11 章

[1] 文艺复兴前,以古希腊语写成的《荷马史诗》并没有翻译版本,因此在中世纪时期没能广泛传播。当时人们对特洛伊神话的了解主要是通过古典时期末期的两本小说,其作者都声称自己是特洛伊战争的见证人——狄克提斯(Dictys)的《特洛伊战争编年史》(*Chronicle of the Trojan War*)和达雷斯(Dares)的《特洛伊陷落史》(*History of the Fall of Troy*)。关于从古典时期到中世纪时期特洛伊战争神话的传播情况,见 Aerts 2012,Desmond 2016。

[2] 也有观点认为,这个故事早就被图尔的额我略(Gregory of Tours)所知晓,见 Barlow 1995。

[3] 见 Bouet 1995。

[4] 见 Bouet 1995,Albu 2001。

[5] 见 Beaune 1991。从 14 世纪开始,"特洛伊血统"被哈布斯堡王朝利用到极

致，尤其是查理四世，见 Tanner 1993。
[6] 见 Aurell 2007。
[7] 见 Damian-Grint 1999, Albu 2001。
[8] 见 Tanner 1993, Hering 2015。
[9] 见 Beaune 1991, Shawcross 2003。
[10] 引用自 Boeck 2015。
[11] 英文翻译自 Andrea 1997。关于此问题的讨论，见 Shawcross 2003。
[12] 英文翻译、引用自 Beaune 1991。
[13] 见 Boeck 2015。关于特洛伊主题插图的西方传统，见 Buchthal 1971, Stones 2005。关于对拜占庭文学作品中特洛伊故事的总结，见 Aerts 2012。
[14] 关于土耳其早期历史、罗姆苏丹国以及奥斯曼帝国的扩张，见 Fleet 2009。
[15] 关于特洛伊族谱中的土耳其人，见 Meserve 2008。
[16] 见 Meserve 2008。
[17] 见 Harper 2005, Meserve 2008。
[18] 见 Harper 2005。
[19] 见 Meserve 2008。
[20] 见 Uslu 2012。
[21] 见 Aslan、Atabey 2012。
[22] 关于土耳其史观，见 Atakuman 2008。
[23] 关于辩论，见 Gür 2010。关于出版的文章和评论，见 Şahin 2004。

第12章
[1] 见 Winkler 2007。
[2] 见 Boeck 2015。关于《特洛伊浪漫史》的流传度及其人气程度，见 Young 1948。
[3] 关于这个房间，见 Sullivan 1985, Rabeyroux 1992。
[4] 关于中世纪时期特洛伊神话传播情况的总结，见 Aerts 2012, Desmond 2016。
[5] 例如，《特洛伊浪漫史》并未特意提及法国人是特洛伊人的后代。然而，对

于特洛伊人的描写是积极向上的，有一种原初民族国家（proto-national）的意识，见 Eley 1991。Bruckner 2015 认为这首诗歌的受众是金雀花王朝的民众。

[6] 关于历史上海伦这一角色的详细讨论，见 Maguire 2009，Gumpert 2001。

[7] 见 Weaver 2007。

[8] 关于刺绣作品的概况，见 Denney 2012。

[9] 关于特洛伊神话主题的影视作品，见 Paul 2013。

[10] 见 Stark 1984。关于这一风潮的概述，见 Solomon 2015。

第13章

[1] 英文译自 Pryor 2015。

[2] 关于《特洛伊罗斯和克瑞西达》相关疑团的概述以及手稿的历史，见 Bevington 1998。

[3] 见 Shepard、Powell 2004。例如，诗人埃德蒙·斯宾塞（Edmund Spenser）在《仙后》（*The Faerie Queene*）中，描写了一版新的帕里斯和海伦的爱情故事，将故事置于"新特洛伊"——伦敦的背景之下。见 Bates 2010。

[4] 关于查普曼及其译本，见 Sowerby 1992，Nicoll 1998。

[5] 关于《特洛伊罗斯和克瑞西达》所讽刺的政治犬儒主义，见 Greenfield 2000。

[6] 关于莎士比亚与《荷马史诗》的讨论，见 Nuttall 2004，Burrow 2013。

[7] 格莱斯顿是施里曼最强力的支持者之一，他还在施里曼访英时热情招待了他。关于两人之间的关系，见 Vaio 1992。

[8] 引自 Gladstone 1858。

[9] 见 *Studies on Homer and the Heroic Age*（Gladstone 1958）。

[10] 见 Gladstone 1958。

[11] 关于东方主义盛行的现象，见 Said 1978。

[12] 关于英国士兵，见 Vandiver 2010。关于澳新士兵对荷马和维吉尔的提及，见 Midford 2013、2010。

[13] 引自 Rose 2014。

[14] 事实上,在加里波利之战中土耳其军队领导人凯末尔·阿塔图尔克写给英国和英联邦军队牺牲将士的父母的一封著名信件中,也体现了这种对于人性的反思:"并肩躺在我们这个国家的烈士,无论他们叫约翰尼还是穆罕默德,都没有什么不同。"见 Atabey 2016。

[15] 2007年,在全美药剂师避孕套销售额排行中,特洛伊避孕套占70.5%,其市场份额是竞争对手杜蕾斯避孕套的四倍多。见 Koerner 2006,Tone 2002。

[16] 1926年,有竞争对手抄袭特洛伊避孕套的名称和包装。为保护自身品牌,特洛伊品牌进行了一系列诉讼,并发布了广告谴责山寨版避孕套及其质量。

[17] 其他使用"特洛伊"作为队名的运动队还包括:英国贝尔法斯特美式橄榄球队、英国利物浦棒球队、英国南安普顿曲棍球队。

[18] 见 Florence 2004。

[19] 虽然与特洛伊主题无关,但赫卡柏雕像首次亮相时引发了一些争议。其底座上的铭文引用了《哈姆雷特》,然而作者莎士比亚的名称被写成了"Shakespear"(结尾没有加"e")。关于莎士比亚名字的正确写法引发了一场公开辩论。

[20] 流行文化中的其他古典名称:1997年推出的"阿特拉斯"品牌避孕套;以斯巴达、角斗士、恺撒、罗马和泰坦作为名称的体育队伍。

[21] 见《洛杉矶时报》,2017年8月17日。

[22] 底座上还刻有拉丁文和英文版的维吉尔作品的选句:"这里是充满着平静的乐园/特洛伊注定会重新崛起。"此外还有学校校训:"让值得之人获得硕果。"

[23] 见 Summers 1999,Yost 2013。

[24] 见 Yost 2013。

第14章

[1] 1955年克里斯托弗·弗莱将此剧的英文名翻译为《门口的老虎》(*The Tiger at the Gates*)。

[2] 该诗灵感源自欧里庇得斯的戏剧《海伦》。
[3] 英文版由 Edmund Keeley 翻译。见 Seferis 1995。
[4] 例如，Macedo 1963，Landmann 1998。
[5] 正如其标题所示，此诗所参考的历史典故和文献远超出了特洛伊神话。相关讨论见 Kouklanakis 2016。
[6] Archive, United States Government Publishing Office: Administration of William J. Clinton 1995, November 30, p. 1809.

参考文献

Aerts, W. 2012. 'Troy in Byzantium', in J. Kelder, G. Uslu and Ö.F. Şerifoğlu (eds.) *Troy. City, Homer, Turkey*, 98–103. Istanbul: W Books.

Albu, E. 2001. *The Norman in Their Histories: Propaganda, Myth and Subversion*. Woodbridge, Suffolk: Boudell Press.

Anderson, M.J. 1997. *The Fall of Troy in Early Greek Poetry and Art*. Oxford: Clarendon Press.

Andrea, A.J. (ed.) 1997. *The 'Hystoria Constantinopolitana' of Gunther of Pairis*. Philadelphia: University of Pennsylvania Press.

Antonaccio, C.M. 1995. *An Archaeology of Ancestors. Tomb Cult and Hero Cult in Early Greece*. Lanham, MD: Rowman and Littlefield.

Aslan, C.C. 2002. 'Ilion before Alexander: Protogeometric, Geometric, and Archaic Pottery from D9', *Studia Troica* 12: 81–129.

Aslan, C.C. 2011. 'A Place of Burning: Hero or Ancestor Cult at Troy', *Hesperia* 80: 381–429.

Aslan, C.C. and P. Hnila. 2015. 'Migration and Integration at Troy from the End of the Late Bronze Age to the Iron Age', in N. Chr. Stampolidis, Ç. Maner and K. Kopanias (eds.) *Nostoi. Indigenous Culture, Migration, and Integration in the Aegean Islands and Western Anatolia during the Late Bronze Age and Early Iron Ages*, 185–210. Istanbul: Koç University Press.

Aslan, R. and M. Atabey. 2012. 'Atatürk in Troy', in J. Kelder, G. Uslu and Ö.F. Şerifoğlu (eds.) *Troy. City, Homer, Turkey*, 155–159. Istanbul: W Books.

Astour, M.J. 1965. 'New Evidence on the Last Days of Ugarit', *American Journal of Archaeology* 69.

Atabey, M., Körpe, K. and M. Erat. 2016. 'Remembering Gallipoli from a Turkish Perspective', in A. Sagona, M. Atabey, C.J. Mackie, I. McGibbon and R. Reid (eds.)

Anzac Battlefield. A Gallipoli Landscape of War and Memory, 222–242. Cambridge: Cambridge University Press.

Atakuman, Ç. 2008. 'Cradle or Crucible? Anatolia and Archaeology in the Early Years of the Turkish Republic', *Journal of Social Archaeology* 8: 214–235.

Aubet, M.E. 2013. *Commerce and Colonization in the Ancient Near East*. Cambridge: Cambridge University Press.

Aurell, M. 2007. 'Henry II and Arthurian Legend', in C. Harper-Bill and N. Vincent (eds.) *Henry II. New Interpretation*, 362–394. Wodbridge, Suffolk: Boydell Press.

Bachhuber, C. 2011. 'Negotiating Metal and the Metal Form in the Royal Tombs of Alacahöyük in North-Central Anatolia', in Toby C. Wilkinson, E. Susan Sherratt and John Bennet (eds.) *Interweaving Worlds. Systemic Interactions in Eurasia, 7th to 1st Millennia BC*, 158–176. Oxford: Oxbow.

Bachhuber, C. and G. Roberts (eds.) 2012. *Forces of Transformation: The End of the Bronze Age in the Mediterranean*. Oxford: Oxbow.

Bachvarova, M.R. 2015. *From Hittite to Homer. The Anatolian Background of Ancient Greek Epic*. Cambridge: Cambridge University Press.

Barjamovic, G. 2011. *A Historical Geography of Anatolia in the Old Assyrian Colony Period*. Copenhagen: Museums Tusculanum Press.

Barlow, J. 1995. 'Gregory of Tours and the Myth of the Trojan Origins of the Franks', *Frühmittelalterliche Studien* 29: 86–95.

Bass, G.F. 1987. 'Oldest Known Shipwreck Reveals Bronze Age Splendors', *National Geographic* 172.6: 693–733.

Bates, C. 2010. '*The Faerie Queene*: Britain's National Monument', in C. Bates (ed.) *The Cambridge Companion to Epic*, 133–145. Cambridge: Cambridge University Press.

Bayne, N.P. 2000. *The Grey Wares of Northwest Anatolia in the Middle and Late Bronze Age and Early Iron Age and their Relation to the Early Greek Settlements*. Asia Minor Studien 37. Bonn.

Beaune, C. 1991. *The Birth of an Ideology. Myths and Symbols of Nation in Late-Medieval*

France. Berkeley: University of California Press.

Beckman, G. 1996. *Hittite Diplomatic Texts*. Atlanta: Scholars Press.

Beckman, G. 2011. 'The Hittite Language: Recovery and Grammatical Sketch', in S.R. Steadman and G. McMahon (eds.) *The Oxford Handbook of Ancient Anatolia*, 517–533. Oxford: Oxford University Press.

Beckman, G., Bryce, T. and E. Cline. 2011. *The Ahhiyawa Texts*. Atlanta: Society of Biblical Literature.

Becks, R., W. Rigter and P. Hnila. 2006. 'Das Terrassenhaus im westlichen Unterstandsviertel von Troia', *Studia Troica* 15: 99–120.

Bellinger, A.R. 1961. *Troy. The Coins*. Princeton: Princeton University Press.

Bevington, D. 1998. 'Introduction', in D. Bevington (ed.) *Troilus and Cressida. The Arden Shakespeare*, 1–117. London: Bloomsbury Publishing.

Birley, A. 1997. *Hadrian: The Restless Emperor*. London and New York: Routledge.

Blegen, C.W. 1963. *Troy and the Trojans*. New York: Frederick A. Praeger.

Blegen, C.W., J.L. Caskey M. Rawson and J. Sperling. 1950. *Troy I: The First and Second Settlements*. Princeton: Princeton University Press.

Blegen, C.W., J.L. Caskey and M. Rawson. 1951. *Troy II: The Third, Fourth and Fifth Settlements*. Princeton: Princeton University Press.

Blegen, C.W., J.L. Caskey and M. Rawson. 1953. *Troy III: The Sixth Settlement*. Princeton: Princeton University Press.

Blegen, C.W., C.G. Boulter, J.L. Caskey and M. Rawson. 1958. *Troy IV: Settlements VIIa, VIIb and VIII*. Princeton: Princeton University Press.

Blum, S. 2006. 'Troia an der Wende von der frühen zur mittleren Bronzezeit: Troia IV und Troia V', in M. Korfmann (ed.) *Troia: Archäologie eines Siedlungshügels und seine Landschaft*, 145–154. Mainz: Philipp von Zabern.

Bouet, P. 1995. 'De l'origine troyenne des Normands', *Cahier des Annales de Normandie* 26: 401–413.

Boeck, E.N. 2015. *Imagining the Byzantine Past. The Perception of History in the Illustrated*

Manuscripts of Skylitzes and Manasses. Cambridge: Cambridge University Press.

Bowra, C.M. 1960. 'Homeric Epithets for Troy', *Journal of Hellenic Studies* 80: 16–23.

Briggs, J.C. 1981. 'Chapman's *Seaven Bookes of the Iliades*: Mirror for Essex', *Studies in English Literature, 1500–1700* 21: 59–73.

Brilliant, R. 2000. *My Laocoön. Alternative Claims in the Interpretation of Artworks*. Berkeley: University of California Press.

Broodbank, C. 2000. *An Island Archaeology of the Early Cyclades*. Cambridge: Cambridge University Press.

Bruckner, M.T. 2015. 'Remembering the Trojan War: Violence Past, Present and Future in Bentoît de Sainte-Maure's *Roman de Troie*', *Speculum* 90: 366–390.

Bryce, T. 2006. *The Kingdom of the Hittites*. Oxford: Oxford University Press.

Buchthal, H. 1971. *Historia Troiana. Studies in the History of Medieval Secular Illustration*. London and Leiden: The Warburg Institute and Brill.

Burgess, J.S. 2001. *The Tradition of the Trojan War in Homer and the Epic Cycle*. Baltimore, MA: John Hopkins University Press.

Burgess, J.S. 2005. 'The Epic Cycle and Its Fragments', in J.M. Foley (ed.) *A Companion to Ancient Epic*. Oxford: Wiley-Blackwell.

Burrow, C. 2013. *Shakespeare and Classical Antiquity*. Oxford: Oxford University Press.

Çakirlar, C. and R. Becks. 2009. 'Murex dye production at Troia: assessment of archaeomalacological data from old and new excavations', *Studia Troica* 18: 87–103.

Calder, W.M. 1980. 'Wilamowitz on Schliemann', *Philologus* 124: 146–151.

Cartledge, P. 1997. *The Greeks: A Portrait of Self and Others*. Oxford: Oxford University Press.

Cartledge, P. 2004. *Alexander the Great. The Hunt for a New Past*. New York: Overlook Press.

Castriota, D. 2005. 'Feminizing the Barbarian and Barbarizing the Feminine. Amazons, Trojans, and Persians in the Stoa Poikile', in J.M. Barringer and J.M. Hurwitt (eds.) *Periclean Athens and its Legacy. Problems and Perspectives*, 89–102. Austin: University of Texas Press.

Clauss, J.J. and M. Cuypers (eds.) 2010. *A Companion to Hellenistic Literature*. Oxford: Wiley-Blackwell.

Cline, E.H. 2013. *The Trojan War: A Very Short Introduction*. Oxford: Oxford University Press.

Cline. E.H. 2014. *1177 B.C. The Year That Civilization Collapsed*. Princeton: Princeton University Press.

Cohen, A. 1995. 'Alexander and Achilles – Macedonians and "Mycenaeans"', in J.B. Carter and S.P. Morris (eds.) *The Ages of Homer*, 483–505. Austin: University of Texas Press.

Colvin, S. 2010. *A Historical Greek Reader. From Mycenaean to the Koine*. Oxford: Oxford University Press.

Cornell, T.J. 1975. 'Aeneas and the Twins: The Development of the Roman Foundation Legend,' *Proceedings of the Cambridge Philological Society* 21: 1–32.

Damian-Grint, P. 1999. *The New Historians of the Twelfth-Century Renaissance*. Woodbridge, Suffolk: Boydell and Brewer.

Denney, J. 2012. 'The Abduction of Helen: A Western Theme in a Chinese Embroidery of the First Half of the Seventeenth Century', *Textile Society of America Symposium Proceedings*. Paper 674.

Desmond, M. 2016. 'Trojan Itineraries and the Matter of Troy', in R. Copeland (ed.) *The Oxford History of Classical Receptions in English Literature. Volume I: 800–1558*, 251–264. Oxford: Oxford University Press.

Dickinson, O.T.P.K. 2006. *The Aegean from Bronze Age to Iron Age: Continuity and Change between the Twelfth and Eighth centuries B.C.* London and New York: Routledge.

Dougherty, C. 1994. Archaic Greek Foundation Poetry: Questions of Genre and Occasion', *Journal of Hellenic Studies* 114: 35–46.

Dörpfeld, W. 1894. *Troja 1893: Bericht über die im Jahre 1893 in Troja veranstalten Ausgrabungen*. Leipzig: F.A. Brockhaus.

Dörpfeld, W. 1902. *Troja und Ilion: Ergebnisse der Ausgrabunen in den vorhistorischen und historischen Schichten von Ilion 1870–1894*. Athens: Beck & Barth.

Düring, B.S. 2011. *The Prehistory of Asia Minor: From Complex Hunter-Gatherers to Early Urban Societies*. Cambridge: Cambridge University Press.

Easton, D.F. J.D. Hawkins, A.G. Sherratt, and E.S. Sherratt. 2002. 'Troy in Recent Perspective', *Anatolian Studies* 52: 75–109.

Edwards, M.W. 2005. 'Homer's *Iliad*', in J.M. Foley (ed.) *A Companion to Ancient Epic*, 302–314. Oxford: Wiley-Blackwell.

Eley, P. 1991. 'The Myth of Trojan Descent and Perceptions of National Identity: The Case of Eneas and the Roman de Troie', *Nottingham Medieval Studies* 35: 27–41.

Erskine, A. (ed.) 2003. *A Companion to the Hellenistic World*. Malden, MA: Blackwell.

Efe, T. 2007. 'The Theories of the "Great Caravan Route" between Cilicia and Troy: The Early Bronze Age III Period in Inland Western Anatolia', *Anatolian Studies* 57: 47–64.

Erkanal, H. 1999. 'Early Bronze Age Fortification Systems in the Izmir Region', in P.P. Betancourt, V. Karageorghis, R. Laffineur and W.-D. Niemeier (eds.) *Meletemata. Studies in Aegean Archaeology Presented to Malcom Wiener as He Enters His 65th Year [Aegaeum 20]*, 237–241. Liège/Austin, TX: Université de Liège.

Fantuzzi, M. and C. Tsagalis (eds.) 2015. *The Greek Epic Cycle and Its Reception: A Companion*. Cambridge: Cambridge University Press.

Feldman, M. 2006. *Diplomacy by Design: Luxury Arts and an 'International Style' in the Ancient Near East, 1400–1200 BCE*. Chicago: University of Chicago Press.

Fleet, K. (ed.) 2009. *The Cambridge History of Turkey. Volume I: Byzantium to Turkey 1071–1453*. Cambridge: Cambridge University Press.

Florence, M. 2004. 'The Trojan Heritage'. *The 2004 USC Football Media Guide*. USC Athletics Department. 201–209.

Flower, H.I. (ed.) 2014 (2nd edition) *The Cambridge Companion to the Roman Republic*. Cambridge: Cambridge University Press.

Foley, J.M. 1997. 'Oral Tradition and Its Implications', in I. Morris and B. Powell (eds.) *A New Companion to Homer*, 156–174. Leiden: Brill.

Foley, M.J. 2002. *How to Read an Oral Poem*. Champaign: University of Illinois Press.

Frisch, P. 1975. *Die Inschriften von Ilion*. Inschriften grieschischer Städte aus Kleinasien 3. Bonn: Habelt.

Fuchs, W. 1973. 'Die Bildeschichte der Flucht des Aeneas,' *ANRW* 1.4: 615–632.

Gale, N.H. (ed.) 1991. *Bronze Age Trade in the Mediterranean [SIMA 90]*. Jonsered: Paul Åstroms Förlag.

Gladstone, W.E. 1958. *Studies on Homer and the Homeric Age. Volume* II. Oxford: Oxford University Press.

Goldhill, S. 1991. *The Poet's Voice. Essays on Poetics and Greek Literature*. Cambridge: Cambridge University Press.

Graziosi, B. 2002. *Inventing Homer: The Early Reception of Epic*. Cambridge: Cambridge University Press.

Graziosi, B. 2015. 'On Seeing the Poet: Arabic, Italian and Byzantine Portraits of Homer', *Scandinavian Journal of Byzantine and Modern Greek Studies* 1: 25–47.

Graziosi, B. 2016. *Homer*. Oxford: Oxford University Press.

Greaves, A.M. 2002. *Miletos. A History*. London and New York: Routledge.

Greenfield, M.A. 2000. 'Fragments of Nationalism in *Troilus and Cressida*', *Shakespeare Quarterly* 51: 171–200.

Grethlein, J. 2010. 'From Imperishable Glory to History. The *Iliad* and the Trojan War,' in K. Raaflaub and D. Konstan (eds.) *Epic and History*, 122–144. London: Routledge.

Gumpert, M. 2001. *Grafting Helen. The Abduction of the Classical Past*. Madison: University of Wisconsin Press.

Gür, A. 2010. 'Political Excavations of the Anatolian Past: Nationalism and Archaeology in Turkey', in R. Boytner, L. Swartz Dodd and B.J. Parker (eds.) *Controlling the Past, Owning the Future. The Political Uses of Archaeology in the Middle East*, 68–89. Tucson: The University of Arizona Press.

Hall, E. 1989. *Inventing the Barbarian: Greek Self-Definition through Tragedy*. Oxford: Oxford University Press.

Hall, J.M. 2002. *Hellenicity: Between Ethnicity and Culture*. Chicago: University of Chicago Press.

Hammond, N.G.L. 1980. 'The Battle of the Granicus River', *Journal of Hellenic Studies* 100: 73–88.

Harper, J. 2005. 'Turks and Trojans, Trojans as Turks: Visual Imagery of the Trojan War and the Politics of Cultural Identity in Fifteenth-Century Europe', in A.J. Kabir and D. Williams (eds.) *Postcolonial Approaches to the European Middle Ages: Translating Culture*, 151–179. Cambridge: Cambridge University Press.

Haubold, J. 2013. *Greece and Mesopotamia. Dialogues in Literature*. Cambridge: Cambridge University Press.

Hawkins, J.D. 1998. 'Tarkasnawa King of Mira, "Tarkondemos", Boğazköy Sealings, and Karabel,' *Anatolian Studies* 48: 1–31.

Hering, K. 2015. 'Godfrey of Viterbo: Historical Writing and Imperial Legitimacy at the Early Hohenstaufen Court', in T. Foerster (ed.) *Godfrey pf Viterbo and His Readers. Imperial Tradition and Universal History in Late Medieval Europe*, 47–66. London and New York: Routledge.

Hertel, D. and F. Kolb 2003. 'Troy in Clearer Perspective', *Anatolian Studies* 53: 71–88.

Heuck Allen, S. 1999. *Finding the Walls of Troy: Frank Calvert and Heinrich Schliemann at Hisarlik*. Berkeley and Los Angeles: University of California Press.

Hitchcock, L.A. and A. Maier. 2014. 'Yo-ho, Yo-hp, A Seren's Life for me!', *World Archaeology* 46: 624-640.

Hornblower, S. 2015. *Lykophron: Alexandra*. Oxford: Oxford University Press.

Isaac, B.H. 2006. *The Invention of Racism in Classical Antiquity*. Princeton: Princeton University Press.

Jablonka, P. and C.B. Rose. 2004. 'Late Bronze Age Troy: A Response to Frank Kolb', *American Journal of Archaeology* 108: 615–630.

Jablonka, P. 2010. 'Troy', in E.H. Cline (ed.) *The Oxford Handbook of the Bronze Age Aegean*, 849–861. Oxford: Oxford University Press.

Jablonka, P. 2011. 'Troy in Regional and International Context', in S.R. Steadman and G. McMahon (eds.) *The Oxford Handbook of Ancient Anatolia*, 717–733. Oxford: Oxford University Press.

Jansen, H.G. and N. Blindow. 2003. 'The Geophysical Mapping of the Lower City of Troia/Ilion', in G.A. Wagner, E. Pernicka and H.-P. Uerpmann (eds.) *Troia and the Troad. Scientific Approaches*, 325–340. Berlin: Springer.

Jeffery, L.H. 1961 (see 2003 revised edition). *The Local Scripts of Archaic Greece*. Oxford: Oxford University Press.

Johnstone, S. 2014. 'A New History of Libraries and Books in the Hellenistic Period', *Classical Antiquity* 33: 347–393.

Kim, H.J. 2009. *Ethnicity and Foreigners in Ancient Greece and China*. London: Duckworth.

Kolb, F. 2004. 'Troy VI: A Trading Center and Commercial City?' *American Journal of Archaeology* 108: 577–613.

Kolb, F. 2010. *Tatort 'Troia': Geschichte, Mythen, Politik*. Munich: Ferdinand Schöningh.

Koerner, B. 2006. 'The Other Trojan War. What's the Bestselling Condom in America?' *The Slate*, 29 September.

Korfmann, M. 1997. *A Guide to Troia*. Istanbul: Ege Yayınları.

Korfmann, M. 2000. 'Troia: Ausgrabungen 1999', *Studia Troica* 10: 1–52.

Korfmann, M. 2001. 'Troia/Wilusa – Ausgrabunden 2000', *Studia Troica* 11: 1–50.

Korfmann, M. 2004. 'Was There a Trojan War?', *Archaeology* 57.3: 37.

Kouka, O. 2013. '"Minding the Gap". Against the Gaps: The Early Bronze Age and the Transition to the Middle Bronze Age in the Northern and Eastern Aegean/Western Anatolia', *American Journal of Archaeology* 117: 569–580.

Kouklanakis, A. 2016. 'From Cultural Appropriation to Historical Emendation: Two Case Studies of Receptions of the Classical Tradition in Brazil', in E. Rizo and M.M. Henry (eds.) *Receptions of the Classics in the African Diaspora of the Hispanophone and Lusophone Worlds*, 9–30. Lanham, MD: Lexington Books.

Krevans, N. 2000. 'On the Margins of Epic: The Foundation-Poems of Apollonius', in M.A. Harder, R.F. Regtuit and G.C. Wakker (eds.) *Hellenistica Groningana. 4. Apollonius Rhodius*, 69–84. Louvain: Peeters.

Laffineur, R. and E. Greco (eds.) 2005. *Emporia. Aegeans in the Central and Eastern Mediterranean. Aegaeum 25*. Austin/Liege: University of Liege.

Landmann, J. 1998. *Troia Negra: a Saga dos Palmares*. São Paulo: Editora Mandarim.

Langgut, D., I. Finkelstein and L. Thomas. 2013. 'Climate and the Late Bronze Collapse: New Evidence from the Southern Levant', *Journal of Institute of Archaeology of Tel Aviv University* 40: 149–175.

Latacz, J. 2004. *Troy and Homer. Towards a Solution to an Old Mystery*. Oxford: Oxford University Press.

Lateiner, D. 2004. 'The *Iliad*: An Unpredictable Classic', in R. Fowler (ed.) *The Cambridge Companion to Homer*, 11–30. Cambridge: Cambridge University Press.

Lloyd, S. and J. Mellaart 1965. *Beycesultan I. The Chalcolithic and Early Bronze Levels*. London: British Institute at Ankara.

Lowenstam, S. 2008. *As Witnessed by Images: The Trojan War Tradition in Greek and Etruscan Art*. Baltimore, MA: John Hopkins University Press.

Macedo, S.D.T. 1963. *Palmares: A Troia Negra*. São Paulo: São Paulo Editora.

Mac Sweeney, N. 2010. 'Hittites and Arzawans: A view from western Anatolia', *Anatolian Studies* 60: 7–24.

Maguire, L. 2009. *Helen of Troy. From Homer to Hollywood*. London and New York: Wiley-Blackwell.

Malkin, I. 1998. *The Returns of Odysseus: Colonization and Ethnicity*. Berkeley: University of California Press.

Malkin, I. 2011. *A Small Greek World: Networks in the Ancient Mediterranean*. Oxford and New York: Oxford University Press.

Manning, S.W. and I. Hulin. 2005. 'Maritime Commerce and Geographies of Mobility in the Late Bronze Age of the eastern Mediterranean: Problematizations', in A.B. Knapp and E.

blake (eds.) *The Archaeology of Mediterranean Prehistory*, 270–302. Malden: Blackwell.

Meserve, M. 2008. *Empires of Islam in Renaissance Historical Thought*. Cambridge, MA: Harvard University Press.

Maran, J. and P.W. Stockhammer (eds.) 2012. *Materiality and Social Practice: Transformative Capacities of Intercultural Encounters*. Oxford: Oxbow.

Michel, C. 2001. *Correspondance des marchands de Kaniš au début du IIe millénaire av. J.-C. Littératures du Proche-Orient ancien 19*. Paris: Éditions du Cerf.

Midford, S. 2010. 'From Achilles to Anzac: Heroism in The Dardanelles from Antiquity to the Great War', Australasian Society for Classical Studies 31, Conference Proceedings.

Midford, S. 2013. 'Anzacs and the Heroes of Troy: Exploring the Universality of War in Sidney Nolan's "Gallipoli Series"', in I. Güran Yumsak and M. Mehdi Ilhan (eds.) *Gallipoli: History, Legend and Memory [Gelibolou: Tarih, Esfane ve Ani]*, 303–312. Istanbul: Istanbul Medeniyet University Press.

Mitchell, L.G. 2007. *Panhellenism and the Barbarian in Archaic and Classical Greece*. Swansea: Classical Press of Wales.

Moran, W.L. 2000. *The Amarna Letters*. Baltimore: John Hopkins University Press.

Morris, S. 1989. 'A Tale of Two Cities: The Miniature Frescoes from Thera and the Origins of Greek Poetry', *American Journal of Archaeology* 93: 511–535.

Muhly, James. 2011. 'Metals and Metallurgy', in S.R. Steadman and G. McMahon (eds.) *The Oxford Handbook of Ancient Anatolia (10,000–323 BCE)*, 858–876. Oxford: Oxford University Press.

Nicoll, A. 1998. 'Introduction', in A. Nicoll (ed.) *Chapman's Homer: The Iliad. Translated into English by George Chapman*. Princeton: Princeton University Press.

Nuttall, A.D. 2004. 'Action at a Distance: Shakespeare and the Greeks', in C. Martindale and A.B. Taylor (eds.) *Shakespeare and the Classics*, 209–222. Cambridge: Cambridge University Press.

Osborne, R. 2009. *Greece in the Making, 1200–479 BC [2nd edition]*. London and New York: Routledge.

Özguç, T. 2003. *Kültepe Kaniś/Neša. The Earliest International Trade Center and the Oldest Capital City of the Hittites*. Tokyo–Istanbul: Middle East Culture Centre in Japan.

Palaima, T.G. 2010. 'Linear B', in *The Oxford Handbook of the Bronze Age Aegean*, 356–372. Oxford: Oxford University Press.

Pantazis, V.D 2009. 'Wilusa: Reconsidering the Evidence,' *Klio* 91: 291–310.

Paul, J. 2013. *Film and the Classical Epic Tradition*. Oxford: Oxford University Press.

Pavúk, P. 2010. 'Minyan or Not: The Second Millennium Grey Ware in Western Anatolia and Its Relation to Mainland Greece', in A. Philippa-Touchias, G. Touchias, S. Voutsaki and J.C. Wright (ed.) *Mesohelladika: La Grèce continentale au Bronze Moyen*, 931–943. Athens: BCH Supplement.

Pavúk, P. 2012. 'Of Spools and Discoid Loomweights: Aegean-Type Weaving at Troy Revisited', in M.-L. Nosch and R. Laffineur (eds.) *Kosmos. Jewellery, Adornment and Textiles in the Aegean Bronze Age. Aegaeum 33*, 121–130. Leuven-Liege: Peeters.

Pertz, G.H. 1844. *Monumenta Germanicae Historica. Tomus VI*. Hannover: Impensis Bibliopolii Aulici Hahniani.

Powell, B. 1997. 'Homer and Writing', in I. Morris and B. Powell (eds.) *A New Companion to Homer*, 3–32. Leiden: Brill.

Pryor, J.H. 2015. 'A Medieval Siege of Troy: The Fight to the Death at Acre, 1189–1192 or the tears of Salah al-Din', in G.I. Halford (ed.) *The Medieval Way of War. Studies in Medieval Military History in Honour of Bernard S. Bachrach*, 97–115. London and New York: Routledge.

Pulak, C. 1998. 'The Uluburun Shipwreck: An Overview.' *International Journal of Nautical Archaeology* 27, 188–224.

Rabeyroux, A. 1992. 'Images de la "merveille": la "Chambre de Beautés"', *Médiévales* 11: 31–45.

Riggs, C.T. 1954. *History of Mehmed the Conqueror, by Kritovoulos, translated by C.T. Riggs*. Princeton: Princeton University Press.

Riorden, E.H. 2014. 'Conservation and Presentation at the Site of Troy, 1988–2008', in E. Pernicka, C.B. Rose and P. Jablonka (eds.) *Troia 1987-2012: Grabungen un Forschungen I: Forschungungsgeschichte, Methoden und Landschaft*, 428–451. Bonn: Rudolph Habelt.

Roller, L.E. 1999. *In Search of God the Mother. The Cult of Anatolian Cybele*. Berkeley: University of California Press.

Rose, C.B. 2014. *The Archaeology of Greek and Roman Troy*. Cambridge: Cambridge University Press.

Rose, C.B. and R. Körpe. 2016. 'The Tumuli of Troy and the Troad', in O. Henry and U. Kelp (eds.) *Tumuli as Sema. Space, Politics, Culture and Religion in the First Milenniums BC*, 373–386. Berlin: Walter de Gruyter.

Rossi, A. 2001. 'Remapping the Past: Caesar's Tale of Troy (Lucan "BC" 9.964-999)', *Pheonix* 55: 313–326.

Said, E. 1978 [reprinted in 1995 with a new Afterword]. *Orientalism*. London: Keegan Paul and Routledge.

Sagona, A. and P. Zimansky 2009. *Ancient Turkey*. Abingdon: Routledge.

Şahin, H. 2004. *Troyalılar Türk müydü? Mir Mitos'un Dünü, Bugünü ve Yarını* (Were the Trojans Truks? Past, Present, and Future of a Mythos).

Şahoğlu, V. 2005. 'The *Anatolian Trade Network* and the Izmir Region during the Early Bronze Age', *Oxford Journal of Archaeology* 24: 339–361.

Sazcı, G. 2001. 'Gebäude mit vermutlich kultischer Funktion. Das Megaron in Quadrat G6', in *Troia. Traum und Wirklichkeit*, 382–390. Stuttgart: Konrad Theiss Verlag.

Sazcı, G. 2005. 'Troia I–III, die Maritime und Troia IV–V, die Anatolische Troia-Kultur: eine Untersuchung der Funde und Befunde im mittleren Schliemanngraben (D07, D08)', *Studia Troica* 15: 33–98.

Scheer, T. 2003. 'The Past in a Hellenistic Present: Myth and Local Tradition', in A. Erskine (ed.) *A Companion to the Hellenistic World*, 216–231. Oxford: Wiley-Blackwell.

Schein, S. 1996. 'The *Iliad*: Structure and Interpretation', in I. Morris and B. Powell (eds.) *A New Companion to Homer*, 345–359. Leiden: Brill.

Schein, S. forthcoming. 'The *Iliad* as Prince's Mirror in Chapman's Translation and Shakespeare's *Troilus and Cressida*', in J. J. H. Klooster and B. van den Berg (eds.), *Homer and the Good Ruler. The Reception of Homeric Epic as Princes' Mirror through the Ages.* Leiden: Brill.

Schliemann, H. 1874. *Trojanischer Alterthümer. Bericht über die Ausgrabungen in Troja.* Leipzig: F.A. Brockhaus.

Schliemann, H. 1875. *Troy and its Remains. A Narrative of the Researches and Discoveries Made on the Site of Ilium, and in the Trojan Plain (edited by Philip Smith).* London: John Murray.

Schliemann, H. 1880. *Ilios: The City and Country of the Trojans.* London: John Murray.

Schliemann, H. 1884. *Troja: Results of the Latest Researches and Discoveries on the Site of Homer's Troy and in the Heroic Tumuli and Other Sites, Made in the Year 1882.* New York: Harper and Brothers.

Scully, S. 1991. *Homer and the Sacred City.* Ithaca, NY: Cornell University Press.

Séfériadès, M. 1985. *Troie I. Matériaux pour l'étude des societies du nord-est Égéen au debut du Bronze Ancien.* Paris: Éditions Recherche sur les Civilisations.

Seferis, G. 1995. *George Seferis. Collected Poems. Translated, Edited and Introduced by Edmund Keeley and Philip Sherrard.* Princeton: Princeton University Press.

Shawcross, T. 2003. 'Re-inventing the Homeland in the Historiography of Frankish Greece: The Fourth Crusade and the Legend of the Trojan War', *Byzantine and Modern Greek Studies* 27: 120–152.

Shepard, A. and D. Powell (eds.) 2004. *Fantasies of Troy. Classical Tales and the Social Imaginary in Medieval and Early Modern Europe.* Toronto: Centre for Reformation and Renaissance Studies.

Sherratt, E.S. 1990. '"Reading the Texts": Archaeology and the Homeric Question', *Antiquity* 64: 807–824.

Sherratt, A. and S. Sherratt. 1993. 'The Growth of the Mediterranean Economy in the Early First Millennium BC', *World Archaeology* 24: 361–378.

Shipley, G. 1999. *The Greek World After Alexander, 323–30 BCE.* London and New York: Routledge.

Skinner, J. 2012. *The Invention of Greek Ethnography from Homer to Herodotus*. Oxford: Oxford University Press.

Solomon, J. 2015. 'Homer's *Iliad* in Popular Culture: The Roads to *Troy*', in M.M. Winkler (ed.) *Return to Troy. New Essays on the Hollywood Epic*, 224–254. Leiden: Brill.

Sowerby, R 1992. 'Chapman's Discovery of Homer', *Translation and Literature* 1: 26–51.

Squire, M. 2011. *The iliad in a Nutshell: Visualizing epic on the Tabulae Iliacae*. Oxford: Oxford University Press.

Squire, M. 2015. 'Figuring Rome's Foundation on the Iliac Tables', in N. Mac Sweeney (ed.) *Foundation Myths in Ancient Societies: Dialogues and Discourses*, 151–189. Philadelphia: University of Pennsylvania Press.

Stark, J. 1984. 'After 20 Years Awash with Booze and Drugs, Troy Donahue Prizes his Sobering Discoveries', *People Magazine*, 13 August 1984.

Starke, F. 1997. 'Troia in Kontext des historisch-politischen Umfeldes Kleinasien im 2. Jarhtausend', *Studia Troica* 7: 447–487.

Steadman, S.R. 2011. 'The Early Bronze Age on the Plateau', in S.R. Steadman and G. McMahon (eds.) *The Oxford Handbook of Ancient Anatolia (10,000–323 BCE)*, 229–259. Oxford: Oxford University Press.

Stones, A. 2005. 'Seeing the walls of Troy', in B. Dekeyzer and J. van den Stock (eds.) *Manuscripts in Transition: Recycling Manuscripts, Texts and Images*, 161–178. Louvain: Peeters.

Sullivan, P. 1985. 'Medieval Automata: The "Chambre de Beautés" in Bentoît's Roman de Troie', *Romance Studies* 3: 1–20.

Summers, R.C. 1999. *Secure Computing: Threats and Safeguards*. Maidenhead: McGraw Hill.

Tanner, M. 1993. *The Last Descendant of Aeneas. The Habsburgs and the Mythic Image of the Emperor*. New Haven: Yale University Press.

Thomas, R. 1992. *Literacy and Orality in Ancient Greece*. Cambridge: Cambridge University Press.

Thomas, R. 2001. *Herodotus in context. Ethnography, Science, and the Art of Persuasion*. Cambridge: Cambridge University Press.

Tone, A. 2002. *Devices and Desires. A History of Contraceptives in America*. New York: Hill and Wang.

Traill, D.A. 1995. *Schliemann of Troy: Treasure and Deceit*. New York: St Martin's Press.

Treichler, P.A. 2014. '"When Pirates Feast ⋯ Who Pays?" Condoms, Advertising, and the Visibility Paradox, 1920s and 1930s', *Journal of Bioethical Enquiry* 11: 479–505.

Uslu, G. 2012. 'Homer and Troy in 19th Century Ottoman Turkish Literature', in J. Kelder, G. Uslu and Ö.F. Şerifoğlu (eds.) *Troy. City, Homer, Turkey*, 143–149. Istanbul: W Books.

Vaio, J. 1992. 'Gladstone and the Early Reception of Schliemann in England', in W.M. Calder and J. Cober (eds.) *Heinrich Schliemann nach hundert Jahren*. Frankfurt: Vittorio Klostermann.

Van de Mieroop, M. 2007 (2nd edition). *A History of the Ancient Near East ca. 3000–323 BC*. London and New York: Routledge.

Vandiver, E. 2010. *Stand in the Trench, Achilles. Classical Receptions in British Poetry of the Great War*. Oxford: Oxford University Press.

Vansina, J. 1985. *Oral Tradition as History*. Madison, WI: University of Wisconsin Press.

Veenhof, K.R. 2000. 'Trade and Politics in Ancient Assur. Balancing of Public, Colonial and Entrepreneurial Interests', in C. Zaccagnini (ed.) *Mercanti e politica nel mondo antico*, 69–118. Rome: Bretschneider.

Veenhof, K.R. 2013. 'The Archives of Old Assyrian Traders: their Nature, Functions and Use', in M. Faraguna (ed.) *Archives and Archival Documents in Ancient Societies: Legal Documents in Ancient Societies IV*, 27–62. Trieste: EUT Edizioni Università di Trieste.

Weaver, E.B. 2007. 'Gender', in G. Ruggiero (ed.) *A Companion to the Worlds of the Renaissance*, 188–207. Oxford: Wiley-Blackwell.

Webb, P.A. 1996. *Hellenistic Architectural Sculpture: Figural Motifs in Western Anatolia and the Aegean Islands*. Madison: University of Wisconsin Press.

West, M.L. 1993. *Greek Lyric Poetry*. Oxford: Oxford University Press.

West, M.L. 1997. *The East Face of Helicon: West Asiatic Elements in Greek Poetry and Myth*. Oxford: Oxford University Press.

West, M.L. 2013. *The Epic Cycle: A Commentary on the Lost Troy Epics*. Oxford: Oxford University Press.

Wilamowitz-Moellendorff, U. von. 1884. *Homerische Untersuchungen*. Berlin: Weidmann.

Wilamowitz-Moellendorff, U. von. 1916. *Die Ilias und Homer*. Berlin: Weidmannsche Buchhandlung.

Winkler, M.M. (ed.) 2007. *Troy: From Homer's Iliad to Hollywood Epic*. Malden, MA: Blackwell.

Wiseman, T.P. 1995. *Remus: A Roman Myth*. Cambridge: Cambridge University Press.

Woodford, S. 1993. *The Trojan War in Ancient Art*. Ithaca, NY: Cornell University Press.

Yost, J.R. 2013. 'An Interview with Daniel J. Edwards', Charles Babbage Institute. Accessed online on 03/10/2016 at: http://conservancy.umn.edu/ handle/11299/162379.

Young, A.M. 1948. *Troy and Her Legend*. Pittsburgh: University of Pittsburgh Press.

致谢

本书撰写伊始,我的大儿子詹尼刚刚出生,本书完稿之时,我又迎来了小儿子瓦伦蒂诺。《特洛伊》献给他们。

这本书的完成离不开许多人的支持与鼓励。首先是我的母亲梁,还有我的婆婆丹尼丝和我的阿姨郎秀。感谢她们帮我照看孩子,好让我腾出空来完成这本书。我还要向吉赛尔·博格·奥利弗、达米扬·克斯马诺维奇、莫蒂默·马克·斯威尼、约翰·韦拉和约翰·尼尔森致敬,他们阅读了书稿,给予了我非常有益的指导和建议。

最后还要感谢布鲁姆斯伯里出版社的爱丽丝·赖特和克拉拉·赫贝格,她们在本书的出版过程中提供了诸多观点和指导。感谢迈克尔·霍克斯和蒂娜·罗斯为本书绘制的精美插图。感谢迈克尔·斯夸尔和大都会艺术博物馆的图片授权。

图书在版编目（CIP）数据

特洛伊：神话、城市、符号 /（英）诺伊丝·麦克·斯维尼著；张馨译. —北京：中国工人出版社，2023.3
书名原文：Troy: Myth, City, Icon
ISBN 978-7-5008-8161-2

Ⅰ.①特… Ⅱ.①诺…②张… Ⅲ.①神话—英国—现代 Ⅳ.① I561.73
中国国家版本馆 CIP 数据核字（2023）第 029204 号

著作权合同登记号：图字 01-2021-2692

© Naoíse Mac Sweeney, 2018' Together with the following acknowledgment: 'This translation of Troy is published by arrangement with Bloomsbury Publishing Plc.'

特洛伊：神话、城市、符号

出 版 人	董　宽
责任编辑	陈晓辰　董芳璐
责任校对	赵贵芬
责任印制	黄　丽
出版发行	中国工人出版社
地　　址	北京市东城区鼓楼外大街 45 号　邮编：100120
网　　址	http://www.wp-china.com
电　　话	（010）62005043（总编室）（010）62005039（印制管理中心）（010）62001780（万川文化项目组）
发行热线	（010）82029051　62383056
经　　销	各地书店
印　　刷	三河市万龙印装有限公司
开　　本	880 毫米 ×1230 毫米　1/32
印　　张	9
字　　数	200 千字
版　　次	2023 年 4 月第 1 版　2023 年 4 月第 1 次印刷
定　　价	68.00 元

本书如有破损、缺页、装订错误，请与本社印制管理中心联系更换
版权所有　侵权必究